MW01105899

Sonia Alvarez

NACIDOS PARA ALENTAR A OTROS

# EL ESCRIBA

UNA NOVELA

Silas... uno de los cinco hombres que silenciosamente cambió la eternidad

## FRANCINE RIVERS

Vida®

Autora internacional de éxitos de venta

La misión de ***EDITORIAL VIDA*** es proporcionar los recursos necesarios a fin de alcanzar a las personas para Jesucristo y ayudarlas a crecer en su fe.

EL ESCRIBA
Edición en español publicada por Editorial Vida — 2008
© 2008 EDITORIAL VIDA
Miami, Florida

Publicado en inglés con el título:
*The Scribe*
por Tyndale House Publishers
© 2007 por Francine Rivers

Traducción: *Ricardo Acosta*
Edición: *Rojas & Rojas Editores, Inc.*
Diseño de cubierta: *Good Idea Productions, Inc.*
Diseño interior: *Rojas & Rojas Editores, Inc.*

Reservados todos los derechos. **A menos que se indique lo contrario,** el texto bíblico se tomó de la Santa Biblia Nueva Versión Internacional. © 1999 por la Sociedad Bíblica Internacional.

ISBN: 978-0-8297-4517-7

Categoría: Ficción / Cristiano / Histórico

Impreso en Estados Unidos de América
Printed in the United States of America

08 09 10 11 ❖ 9 8 7 6 5 4 3 2 1

# reconocimientos

Deseo agradecer a mi esposo, Rick Rivers, por oír mis ideas, cuestionarme y alentarme durante esta serie. También quiero agradecer a Peggy Lynch, quien supo qué preguntas hacer para obligarme a profundizar en las Escrituras en busca de nuevas perspectivas. Mi agradecimiento especial a Kathy Olson por su destreza para resumir y sus consejos para optimizar el manuscrito. Por último, pero de ningún modo menos que al resto, está mi gratitud a todo el personal de Tyndale por el trabajo que hacen en presentar estas historias a los lectores. Este en su totalidad es un esfuerzo de equipo.

También a todos los que han orado por mí a través de los años y durante este proyecto particular, gracias. Que el Señor utilice esta historia para acercar personas a Jesús, nuestro amado Señor y Salvador.

# QUERIDO LECTOR,

Esta es la última de cinco novelas acerca de hombres bíblicos de fe que sirvieron a la sombra de otros. Estos fueron personajes orientales que vivieron en tiempos antiguos, pero sus historias se aplican a nuestras vidas y a los asuntos difíciles que enfrentamos hoy en nuestro mundo. Ellos enfrentaron tensiones, tuvieron valor, se arriesgaron, hicieron lo inesperado, llevaron vidas temerarias, y a veces cometieron equivocaciones... grandes equivocaciones. Estos hombres no fueron perfectos, pero Dios, en su infinita misericordia, los usó en su plan perfecto para revelarse al mundo.

Vivimos momentos desesperados y agitados en que millones de seres buscan respuestas. Los hombres de estas historias señalan el camino. Las lecciones que podemos aprender de ellos se aplican tanto hoy día como cuando vivieron miles de años atrás.

Son personajes históricos que vivieron de verdad. Sus historias, como las he narrado, se basan en relatos bíblicos. Para los hechos que conocemos acerca de la vida de Silas, vea Hechos 15:22—19:10; 2 Corintios 1:19; 1 Tesalonicenses 1:1; 2 Tesalonicenses 1:1; y 1 Pedro 5:12.

Esta obra también es de ficción histórica. El perfil de la narración lo proporciona la Biblia, y he empezado con la información que en ella encontramos. Basada en eso he creado acción, diálogo, motivaciones interiores, y en algunos casos personajes adicionales que he creído coherentes con el escrito bíblico. He tratado de mantenerme fiel al mensaje bíblico, y he añadido solo lo necesario para ayudar en nuestra comprensión de ese mensaje.

Al final de cada novela he incluido una breve sección de estudio. La autoridad definitiva sobre los personajes bíblicos es la

Biblia misma. Le animo a usted, querido lector, a leerla para entender más. Además oro porque mientras usted lee la Biblia llegue a estar consciente de la continuidad, la coherencia y la confirmación del plan de Dios para las edades… un plan que lo incluye a usted.

*Francine Rivers*

# prólogo

SILAS caminó hacia la casa donde estaban escondidos Pedro y su esposa, afligido por el peso de la noticia que llevaba.

Tocó suavemente tres veces, entró al salón donde a menudo se había reunido con hermanos y hermanas en Cristo, o donde había orado a solas por muchas horas. Encontró a Pedro con su esposa, ahora en oración. La esposa de Pedro levantó la cabeza, y su sonrisa desapareció.

Silas la ayudó a levantarse.

—Debemos irnos —anunció él en tono bajo, y se volvió para ayudar a Pedro—. Capturaron a Pablo. Hay soldados buscándote por toda la ciudad. Ustedes deben partir esta noche.

Cuando se disponían a salir, Silas explicó más.

—Apeles está conmigo. Él les mostrará el camino.

—¿Y tú? —preguntó Pedro con gran inquietud—. Debes venir con nosotros, Silas. Tú has servido como secretario tanto a Pablo como a mí. También te estarán buscando.

—Los seguiré dentro de poco. Me hallaba trabajando en un pergamino cuando Apeles me dio la noticia. Debo regresar y asegurarme que la tinta esté seca antes de empacar el pergamino con los otros.

Pedro asintió con seriedad, y Silas se fue a la casa donde se hospedaba. Todos los pergaminos, excepto aquel en que había estado trabajando, se hallaban enrollados y guardados cuidadosamente en estuches de cuero. Silas sabía que iba a llegar el momento en que tendría que agarrar el paquete y salir corriendo. Levantó los pesos que mantenían abierto el pergamino más reciente, enrolló el papiro, y lo metió con cuidado en su estuche. Al colgarse el paquete en el hombro sintió todo el peso de la responsabilidad de proteger las cartas.

Cuando salió otra vez a la calle vio que Pedro, su esposa y Apeles esperaban. Silas corrió hacia ellos.

—¿Por qué están aquí todavía?

Apeles parecía desesperado.

—¡Ellos no continuarían sin ti!

—¡Debemos apurarnos! —los instó Silas, quien se debatía entre la gratitud por la lealtad de sus amigos y el temor por su seguridad.

Apeles suspiró aliviado cuando se pusieron de nuevo en movimiento.

—Tenemos un carruaje esperando afuera de las puertas de la ciudad —dio más instrucciones en un susurro apremiante—. Creímos que lo más conveniente sería esperar hasta el anochecer, al levantarse la prohibición de carromatos. Ahora será más fácil escabullirse.

A Pedro lo conocían bien en Roma, y lo reconocerían con facilidad. Tendrían mejores posibilidades de escapar en la confusión que se formaba cuando ingresaban mercaderías a la ciudad, y al amparo de la oscuridad más allá de los muros.

Pedro caminaba con dificultad, agarrando a su esposa con el brazo de modo protector.

—¿Cuándo vinieron los guardias por Pablo?

—Lo encarcelaron esta mañana —contestó Apeles levantando la mano al llegar al final de la calle. Se asomó a la esquina y luego les hizo señas. Se esforzaba por parecer tranquilo, pero Silas podía sentir el temor del muchacho. El corazón le latía con aprensión. Si capturaban a Pedro, lo meterían en la cárcel y lo ejecutarían, lo más probable en algún vil espectáculo planeado por Nerón para entretener a la turba romana.

—¡Silas! —susurró con premura la esposa de Pedro.

Silas miró hacia atrás y vio que Pedro respiraba con dificultad. Alcanzó a Apeles y lo agarró por el hombro.

—Más despacio, mi amigo, o perderemos al que estamos tratando de salvar.

Pedro apretó más a su esposa contra él y le susurró algo. Ella se abrazó a él con fuerza y le lloró en el hombro.

—Ahora sería un buen momento para que Dios me diera alas como de águila —comentó Pedro, sonriendo a Silas.

Apeles los guió más lentamente por los oscuros callejones y las estrechas calles. Había ratas que se alimentaban de desperdicios. El ruido de ruedas de carromatos se hacía más fuerte. Mientras la ciudad dormía, una oleada de humanidad se volcaba por las puertas, trayendo mercancías para los insaciables mercados romanos. Algunas personas conducían carromatos sobrecargados; otras empujaban carretones. Otras más cargaban pesados bultos sobre sus inclinadas espaldas.

*Tan cerca de la libertad*, pensó Silas al ver las puertas abiertas delante de ellos. ¿Podrían pasar sin que los reconocieran?

—Esperen aquí mientras me aseguro de que no hay peligro —manifestó Apeles acercándose a ellos y desapareciendo luego entre los carromatos y los carretones.

El corazón de Silas le latía con fuerza. Le corría sudor por la espalda. Cada minuto que permanecían en la calle pública aumentaba el peligro para Pedro. Distinguió a Apeles, con el rostro pálido y tensado por el miedo mientras se movía con esfuerzo entre la multitud.

—Por allí, ¡Vayan ahora! ¡Rápido! —señaló el joven.

Silas iba al frente. Casi se le va el alma a los pies cuando uno de los guardias romanos giró y lo miró. Un hermano cristiano. ¡Gracias a Dios! El romano asintió una vez y apartó la mirada.

—¡Ahora! —gritó Silas abriendo camino para que Pedro y su esposa pasaran entre el público. La gente los golpeaba. Algunos maldecían. La rueda de una carreta casi le pisa el pie a Silas.

Una vez fuera de las puertas y lejos de los muros, Silas dejó que Pedro llevara el ritmo.

Anduvieron una hora, dos amigos más les salieron al encuentro.

—¡Hemos estado esperando por horas! ¡Creímos que los habían arrestado!

—Pedro y su esposa están agotados —comunicó Silas a uno de los hombres, llevándolo a un lado—. Haz que el carruaje nos encuentre en el camino.

Uno de los hombres se quedó para escoltarlos, mientras el otro salió corriendo.

Cuando llegó el carruaje, Silas ayudó a subir a Pedro y a su esposa, y luego subió con ellos. Con los hombros doloridos, hizo caso omiso de la pesada carga y se echó hacia atrás, animándose a sí mismo mientras partían. El sonido del galope de los caballos tranquilizó sus crispados nervios. Pedro y su esposa estaban a salvo… por el momento. Los romanos buscarían primero en la ciudad, dándoles tiempo para llegar a Ostia, donde los tres abordarían el primer barco que saliera del puerto. Solo Dios sabía adónde irían después.

Pedro parecía preocupado. Su esposa le agarró la mano.

—¿Qué pasa, Pedro?

—No me siento bien.

—¿Estás enfermo? —inquirió Silas inclinándose hacia delante, preocupado.

¿Había sido demasiado para el venerable apóstol la carrera a través de la noche?

—No, pero debo detenerme.

Su esposa expresó una objeción antes de que Silas pudiera hacerlo.

—Pero, mi esposo…

Pedro miró a Silas.

—Como digas —asintió Silas, asomándose por la ventana para hacer señas al cochero.

La esposa de Pedro lo agarró.

—¡No, Silas! ¡Por favor! Si capturan a Pedro, tú sabes lo que harán.

—Dios no nos ha dado espíritu de temor, querida —expresó Pedro halándola hacia sí y abrazándola—, y eso es lo que nos ha hecho meternos en las tinieblas.

Silas golpeó el costado del carruaje. Sacando la cabeza, pidió al conductor que se detuviera. El carruaje se zarandeó y se sacudió cuando se hizo a un lado del camino. Mientras su esposa lloraba, Pedro se bajó. Silas lo siguió. Los caballos resoplaban y se movían nerviosamente. Silas se encogió de hombros ante la mirada inquisitiva del conductor y observó a Pedro caminando por la carretera.

—Ve con él, Silas —rogó la esposa de Pedro, apeándose—. ¡Razona con él! Por favor. La iglesia lo necesita.

Silas fue hasta el borde del campo y observó a su amigo. ¿Por qué Pedro se demoraba allí?

El anciano apóstol estaba en medio de un campo iluminado por la luna, orando. O eso creyó Silas hasta que Pedro hizo una pausa e inclinó levemente la cabeza. ¿Cuántas veces con los años Silas había visto a Pedro hacer eso cuando alguien le hablaba? Silas se acercó, y por un segundo algo resplandeció ligeramente a la luz de la luna. Cada nervio en su cuerpo se estremeció, consciente. Pedro no estaba solo. El Señor estaba con él.

Pedro inclinó la cabeza y habló. Silas oyó claramente las palabras como si estuviera al lado del viejo pescador.

—Sí, Señor.

Cuando Pedro se volvió, Silas se dirigió a él, temblando.

—¿Qué debemos hacer?

—Debo regresar a Roma.

Silas vio desmoronarse todos los planes que había hecho para proteger a Pedro.

—Si lo haces, morirás allá.

*Señor, pero no este hombre.*

—Sí. Moriré en Roma. Igual que Pablo.

De los ojos de Silas brotaron lágrimas. *¿Los dos, Señor?*

—Necesitamos tu voz, Pedro.

—¿Mi voz? —inquirió, negando con la cabeza.

Silas conocía demasiado a Pedro para tratar de disuadirlo de hacer cualquier cosa que el Señor quisiera.

—Como Dios quiera, Pedro. Volveremos juntos a Roma.

—No. *Yo* volveré. Tú te quedarás atrás.

—¡No me pondré a salvo cuando mis mejores amigos enfrentan la muerte! —exclamó Silas sintiendo que palidecía y la voz se le quebraba.

Pedro le puso una mano en el brazo.

—¿Te pertenece la vida, Silas? Pertenecemos al Señor. Dios *me* ha llamado a volver a Roma. Él *te* dirá qué hacer cuando llegue el momento.

—¡No puedo dejar que regreses solo!

—No estoy solo. El Señor está conmigo. Pase lo que pase, amigo mío, somos uno en Jesucristo. Dios dispone todas las cosas para el bien de quienes lo aman y han sido llamados de acuerdo con su propósito.

—¿Y si te crucifican?

—No soy digno de morir en la misma manera que murió el Señor —contestó Pedro moviendo la cabeza de lado a lado.

—Ellos harán todo lo posible por destruirte, Pedro. ¡Sabes que lo harán!

—Lo sé, Silas. Jesús me dijo hace años cómo yo habría de morir. Debes orar por mí, amigo mío. Orar que me mantenga firme hasta el fin.

Cuando Silas abrió la boca para discutir más, Pedro levantó la mano.

—No más, Silas. No nos corresponde cuestionar el plan del Señor, amigo mío, sino seguirlo. *Debo* ir a donde Dios dirija.

—No te abandonaré, Pedro —aseveró Silas luchando por mantener firme la voz—. Lo juro ante Dios.

—Yo juré lo mismo una vez —cuestionó Pedro con lágrimas que le brillaban en los ojos—. No cumplí mi juramento.

Pedro ordenó al conductor girar el carruaje. Su esposa insistió en regresar con él.

—Iré adondequiera que vayas.

Pedro la ayudó a entrar al carruaje y se subió a su lado.

Decidido a que no lo dejaran, Silas trepó. Pedro le depositó el paquete de pergaminos en los brazos. El desequilibrado peso hizo que Silas resbalara. Los estuches de pergaminos rodaron. Cuando Silas se apresuró hacia ellos, Pedro cerró y trancó la puerta del carruaje. Silas golpeó el costado del coche. El conductor palmeó las ijadas de los caballos.

—¡Espera!

—Que el Señor te bendiga y te proteja —pronunció Pedro sacando la cabeza por la ventanilla—. Que el Señor te muestre su favor y te dé su paz.

Silas rescató desesperadamente los pergaminos y los metió en el paquete.

—*¡Espera!*

Echándose el paquete sobre el hombro, Silas corrió hacia el carruaje. Cuando lo alcanzó por detrás, el conductor dio un discordante grito e hizo chasquear el látigo. Los caballos se lanzaron a todo galope, dejando a Silas ahogándose en el polvo.

# UNO

SILAS se sentó en su escritorio. Su mente gritaba *¿por qué?* mientras sus sueños se derrumbaban en dolor y derrota. Intentó calmar el temblor apretando las manos. Ahora no se atrevía a mezclar la tinta para escribir, porque solo arruinaría una parte del nuevo papiro. Respiró lentamente, pero no logró calmar sus intensas emociones.

—Señor, ¿por qué siempre se llega a esto?

Se cubrió el rostro con las manos, y descansó los codos sobre la mesa. No se podía quitar de la mente las horribles imágenes.

La esposa de Pedro gritando.

—*¡Recuerda al Señor! ¡Recuerda al Señor!* —le gritaba Pedro angustiado desde donde estaba amarrado.

La muchedumbre romana burlándose del fornido pescador de Galilea.

Silas gruñó. *Oh Señor. Aunque hubiera estado ciego habría oído la rabia de Satanás contra la humanidad en ese circo, la lujuriosa alegría ante el derramamiento de sangre. Él asesina hombres, ¡y ellos le ayudan a hacerlo!*

Silas se sintió otra vez traspasado por el recuerdo de Cristo crucificado. En aquel momento Silas dudaba que Jesús fuera el Mesías. Sin embargo, le horrorizó la crueldad de los judíos que celebraban la muerte de un compañero judío, que podían odiar tanto a uno de los suyos que se paraban y se burlaban de él mientras este colgaba en la cruz, todo golpeado hasta quedar irreconocible. Se burlaban de él y gritaban: «Salvó a otros, ¡pero no puede salvarse a sí mismo!».

Silas deseaba ver el paso de este mundo al otro, como le ocurrió a Esteban cuando miembros del Consejo lo apedrearon fuera de las puertas de Jerusalén. Pero lo único que vio Silas fue la maldad de los hombres, el triunfo del maligno. *Estoy cansado, Señor. Estoy harto de esta vida. Todos tus apóstoles, a excepción de Juan, han sido martirizados. ¿Ha quedado alguien que haya visto tu rostro?*

*Señor, llévame contigo, te lo ruego. No me dejes aquí entre esta gente despreciable. Deseo ir a mi hogar celestial donde estás tú.*

Los ojos le ardieron al poner las temblorosas manos en las orejas.

—Perdóname, Señor. Perdóname. Estoy asustado. Lo confieso. Estoy horrorizado. No de la muerte sino de la *agonía*.

Aun ahora Silas podía oír los ecos de la colina Vaticano, donde estaba el circo de Nerón.

Pedro había inclinado la cabeza y había llorado mientras su esposa yacía muerta.

La multitud vitoreó cuando llevaron una cruz.

—¡Sí! ¡Crucifíquenlo! *¡Crucifíquenlo!*

—*¡No soy digno de morir como murió mi Señor! ¡No soy digno!* —retumbó la voz de Pedro por sobre el bullicio.

—Cobarde! —gritaron los romanos—. ¡Está implorando por su vida!

Aunque prontos para adorar el valor, los romanos no lo reconocieron en el hombre que estaba ante ellos. Lanzaron maldiciones y pidieron a gritos más tortura.

—¡Empálenlo!

—¡Quémenlo vivo!

—¡Échenlo a los leones!

El fornido pescador había dejado sus playas de Galilea para tirar la red del amor de Dios, a fin de salvar muchedumbres que se ahogan en el pecado. Pero la gente nada en la corriente de Satanás. Pedro no había pedido una muerte *más fácil*, sino *diferente* de la que sufrió su precioso Señor.

Pedro no había olvidado, y a menudo había narrado a Silas su negación.

—El Señor afirmó que yo lo negaría tres veces antes de que cantara el gallo, y eso fue exactamente lo que hice.

Cuando los romanos clavaban a Pedro a la cruz, Silas inclinó la cabeza. No quería verlo.

*¿Lo traicioné del modo en que él te traicionó, Señor? ¿Le fallé en su hora de necesidad?* Al volver a mirar, vio al centurión inclinado sobre Pedro, escuchando. El romano se enderezó, luego se puso por un instante ante otros dos a quienes había llamado. Apalancaron la cruz y añadieron cuerdas. El cuerpo se le retorcía de dolor, pero Pedro no emitió sonido alguno.

El grupo de soldados se esforzaba por poner la cruz cabeza abajo.

La turba calló, y en ese mismo instante Pedro gritó, y su voz profunda se oyó por sobre el ruido de los espectadores.

—Padre, perdónalos, porque no saben lo que hacen.

Las palabras del Maestro.

Los ojos de Silas se llenaron de lágrimas.

Había recurrido a toda su voluntad para permanecer en el arco en el corredor superior y mantener los ojos fijos en Pedro durante su sufrimiento. «Ora cuando me enfrente a la muerte, Silas», le había pedido Pedro semanas antes de su captura. «Ora que permanezca fiel hasta el final».

Y Silas había orado, intensamente, decidido, en angustia, en temor. *Señor, si alguna vez me ocurre esto, permíteme soportar en fe hasta el final como lo hizo Pedro. ¡No permitas que me retracte de lo que sé! Sé que eres el camino, la verdad, y la vida. Señor, ayuda a mi amigo en su agonía. Señor, dale fuerza a tu amado siervo Pedro para aferrarse a su fe en ti. Señor, ¡Permítele verte como lo hizo Esteban! Llénalo con el gozo del regreso a ti. Háblale ahora, Señor. Dile, te lo ruego, esas palabras que todos anhelamos oír: «¡Hiciste bien, siervo bueno y fiel!».*

*Él lo fue, Señor. Tu siervo Pedro fue fiel.*

*Dios, te lo ruego, ¡que esta sea la última ejecución que presencie!*

La noche anterior Silas había despertado con la seguridad de haber oído la voz de Pablo que le dictaba otra carta. Se levantó aliviado y gozoso.

—¡Pablo!

El sueño había sido tan vívido que le tomó un momento comprender la verdad. Cuando lo hizo, sintió como una ráfaga de aire. *Pablo está muerto.*

Silas puso las manos extendidas sobre el escritorio.

—Tú eres la resurrección y la vida —debió recordarse—. La resurrección.

¿Cuáles fueron las palabras que Juan pronunció cuando se vieron por última vez en Éfeso? «Todo el que cree en Jesús tendrá... —*No. Así no es*—. El que cree en el Hijo tiene vida eterna».

Las palabras de Pablo resonaban en la mente de Silas: «Cuando todavía éramos pecadores, Cristo murió por nosotros». La convicción de Juan le gritó. «Ámense los unos a los otros...»

Un grito que venía de afuera hizo que Silas se pusiera tenso. ¿Venían ellos por él ahora? ¿Enfrentaría otro encarcelamiento, otros azotes, más tortura? *Si trato de escapar al sufrimiento diciéndoles que soy ciudadano romano, ¿me hará eso un cobarde? Eso es cierto, pero desprecio profundamente todo acerca de este imperio. Odio que hasta en la manera más insignificante yo sea parte de este imperio. Señor. Una vez fui fuerte. Lo fui. Ya no...*

La voz de Pablo volvió a resonar. «Cuando soy débil, entonces soy fuerte».

Silas se agarró la cabeza.

—Tú, amigo mío, no yo...

Él no podía pensar con claridad aquí en los confines de Roma con la cacofonía de voces, el ruido de fuertes pisadas, y los gritos de vendedores. La turba, la siempre insaciable turba pisándole los talones. *¡Debo salir de aquí! ¡Tengo que alejarme de este lugar!*

Se levantó para recoger sus materiales escritos y algunas posesiones. ¡Los pergaminos! ¡Debo proteger los pergaminos!

Con fuertes latidos de corazón, Silas salió del pequeño y sofocante cuarto.

El propietario vio a Silas en el instante en que llegaba a la puerta, como si lo hubiera estado vigilando.

—¡Oye, tú! —exclamó, y atravesó el estrecho pasillo—. ¿Te vas?

—Mis asuntos aquí han concluido.

—No te ves bien. Quizás te deberías quedar unos cuantos días más.

Silas lo miró. Al hombre no le importaba para nada la salud de Silas. Lo único que quería era dinero… más dinero.

El ruido de personas pareció aumentar alrededor de Silas. Rostros de lobos por todas partes. Vástagos de Rómulo y Remo abarrotaban la calle. Silas miró a la gente que iba de un lado al otro, hablando, gritando, riendo, discutiendo. Los pobres vivían aquí… apiñados, masas hambrientas que necesitaban mucho más que comida. Olían a descontento, y se maldecían unos a otros a la menor provocación. Estos eran los habitantes de Roma, apaciguados con deportes sangrientos para alejar así de sus mentes la falta de grano.

Silas miró al propietario a los ojos. Pablo le habría expresado palabras de vida. Pedro le habría hablado de Jesús.

—¿Qué? —cuestionó el propietario frunciendo el ceño.

*Que se muera* —pensó Silas—. *¿Por qué lanzarle perlas a este cerdo?*

—Tal vez me contagié de fiebre —informó—. Esta se había propagado por la aldea donde estuve hace unas semanas.

Muy cierto. Mejor que decir: «Fui a los juegos hace tres días, y vi la ejecución de dos de mis más íntimos amigos. Lo único que me interesa ahora es alejarme de esta condenada ciudad mientras pueda. Y si toda la población de Roma se va directo al infierno, ¡me levantaré y con gritos alabaré a Dios por la destrucción de esta urbe!».

Como Silas esperaba, el propietario retrocedió alarmado.

—¿Fiebre? Sí, lo mejor es que te vayas.

—Así es, debo irme —asintió Silas sonriendo firmemente—. Las plagas se extienden con rapidez en las calles estrechas, ¿verdad que sí?

*Especialmente la plaga del pecado.*

—Pagué por una semana, ¿no es así?

—No recuerdo —negó el hombre, pálido.

—No creí que usted lo recordara —comentó Silas echándose al hombro su equipaje y alejándose.

✦ ✦ ✦

Tras varios días de caminar, Silas llegó a Poteoli. Ya no gozaba de la resistencia que tuvo una vez, ni del ánimo.

Se abrió paso hacia el puerto y deambuló por el mercado. *¿Adónde voy de aquí, Señor?* Destellaban códigos de señales, que indicaban la llegada de barcos con cereales, probablemente de Egipto. De largo pasaron apresurados trabajadores que corrían a descargar sacos de grano y llevarlos ante los *medidores* para pesarlos. Otros navíos anclaban más lejos, *los propietarios* licitaban propuestas entre embarcación y playa. La mercancía venía de todo el imperio para satisfacer los mercados romanos: maíz, ganado, vino y lana de Sicilia; caballos de España; esclavos de Britania y Germania; mármol de Grecia; alfombras multicolores de Asiria. El puerto era un buen lugar para perderse de vista, y hasta para encontrar lo que más necesitaba.

Los olores hicieron que la cabeza de Silas le diera vueltas: brisa marina salada, estiércol de animales, especies, vino y sudor humano. En lo alto chillaban gaviotas mientras amontonaban pescados sobre una carreta. Pregoneros públicos ofrecían a gritos productos para la venta. Ovejas balaban desde los corrales. Perros salvajes de Britania gruñían en jaulas. Esclavos extranjeros permanecían desnudos sobre plataformas, sudando bajo el sol mientras eran subastados. Uno forcejeaba con sus cadenas cuando alejaban a una mujer y un niño. Aunque el esclavo gritaba en una lengua extranjera, se comprendía bien su angustia. El llanto de la mujer se convirtió en gritos histéricos cuando la separaron de su hijo. Ella trató de alcanzarlo, pero la arrastraron en otra dirección. El niño gritaba aterrado, con los brazos extendidos hacia su madre.

Silas se alejó con la garganta seca. No podía escapar a la injusticia y la miseria que lo rodeaban por completo, amenazando con sofocarlo. La semilla del pecado plantada siglos atrás en el Jardín del Edén se había arraigado y extendido por todas partes sus brotes de maldad. Todos festejaban este fruto venenoso que lo único que les traería era la muerte.

Ya estaba entrada la tarde cuando Silas vio un símbolo conocido grabado en un poste de un negocio lleno de barriles de aceitunas y canastas de granadas, dátiles, higos y frutos secos. El estómago le gruñó. La boca se le hizo agua. No había comido nada desde que salió de Las Tres Tabernas dos días atrás.

—Usted sabe que estos son los mejores dátiles en todo el imperio —oyó Silas al propietario cuando negociaba con una mujer.

—Y usted sabe que no puedo pagar un precio tan alto.

Ninguno gritó ni se puso sarcástico, algo frecuente en mercados. La mujer hizo una oferta; el propietario contraofertó. Ella negó con la cabeza e hizo otra oferta. Él rió e hizo aun otra más. Cuando llegaron a un arreglo, el propietario agarró un puñado de dátiles secos y los puso en su balanza. Los envolvió en un mantel.

—¿Aceitunas? ¿Dátiles? —el hombre se dirigió a Silas mientras la mujer se alejaba.

Silas negó con la cabeza. Había gastado su última moneda en pan. Observó el símbolo grabado en el poste. ¿Lo había puesto allí este jovial pirata? Antes de que lograra encontrar una manera de preguntar, el hombre levantó la cabeza y frunció el ceño.

—¿Lo conozco a usted?

—Nunca antes nos habíamos visto.

—Usted me parece conocido.

El corazón de Silas le palpitó con fuerza. Pensó en alejarse pero, ¿adónde iría?

—Soy amigo de Teófilo —expresó.

Los ojos del hombre se aclararon.

—¡Ah! —exclamó sonriendo—. ¿Cómo le está yendo a él en estos momentos?

—No muy bien —contestó Silas retrocediendo un paso y creyendo que podía cometer una equivocación al decirle algo a este tipo.

El mercader miró en una dirección y luego en la otra, y le hizo señas a Silas de que se acercara.

—Silas. ¿No es ese tu nombre? —lo tuteó.

Silas palideció.

—No te aflijas, amigo mío —dijo rápidamente el hombre; después bajó la voz—. Te oí predicar una vez, en Corinto. Hace años… cinco, quizás seis veces. Pareces cansado. ¿Tienes hambre?

Silas no pudo contestar.

El hombre agarró algunos dátiles e higos y los apretujó en la mano de Silas.

—Ve al final de la calle; gira a la izquierda. Sigue esa calle hasta el final, la cual serpenteará antes de que llegues a tu destino. Pasas dos fuentes. Exactamente al pasarlas toma por la primera calle a la derecha. Golpea en la puerta de la tercera casa. Pregunta por Epeneto.

¿Podría Silas recordar todo eso, o estaría deambulando por Poteoli toda la noche?

—¿Quién diré que me envió?

—Mis disculpas. En mi emoción de conocerte olvidé presentarme —se excusó riendo—. Soy Urbano.

El hombre se inclinó hacia delante.

—Tú eres la respuesta a muchas oraciones —siguió diciendo abruptamente.

Silas sintió el peso de las expectativas del hombre.

—Pedro está muerto.

—Lo supimos —contestó Urbano asintiendo solemnemente con la cabeza.

¿Tan pronto?

—¿Cómo así?

—Las malas noticias viajan rápido. Nuestro hermano Patrobas llegó anteayer. No te pudo encontrar en las catacumbas.

Patrobas. Silas lo conocía bien.

—Temí que alguien pudiera seguirme y que atraparan a otros.

—Nosotros temimos que te hubieran arrestado —informó Urbano agarrando a Silas por los brazos—. Dios ha contestado nuestras oraciones. Tú estás bien. No esperábamos la bendición extra de tu presencia aquí.

¿Bendición? Este hombre recordaba su rostro de un encuentro. ¿Y si otros, enemigos, también lo reconocieran como escriba de Pedro? Su presencia podría poner en peligro a estos hermanos y hermanas.

*Señor, ¿hemos trabajado todos para ser destruidos en un baño de sangre?*

—No muestres tanta angustia, amigo mío —lo tranquilizó Urbano acercándosele— Poteoli es una ciudad de mucho movimiento. Todo el mundo tiene los ojos puestos en los negocios y en casi nada más. La gente viene y va.

Le repitió las instrucciones, esta vez lentamente.

—Yo mismo te mostraría el camino, pero no puedo confiar mi negocio a otros. Todos son ladrones... exactamente como yo lo era —explicó Urbano, rió de nuevo y le dio una palmadita a Silas en el hombro—. Ve. Te veré allí más tarde.

Entonces se dirigió a un grupo de mujeres que pasaban.

—¡Vengan! ¡Vean qué buenas aceitunas tengo! ¡Las mejores en el imperio!

Urbano no mentía. Dos dátiles y un higo le calmaron el hambre aguda a Silas, y sabían mejor que los que había comido en Roma. Guardó el resto en la bolsa atada a su cinturón.

El día era cálido, y Silas sintió que le corrían gotas de sudor por la espalda mientras caminaba. Los puestos de los mercaderes se fundían en calles alineadas con vecindades. Él cargaba su paquete en hombros doloridos. Durante años había llevado cargas más pesadas que esta, pero el peso de los pergaminos parecía aumentar con cada paso.

Un siervo abrió la puerta cuando Silas tocó. La inescrutable mirada del etíope recorrió a Silas desde la cabeza llena de polvo hasta los pies con sandalias.

—Estoy buscando la casa de Epeneto.

—Esta es la casa de Epeneto. ¿A quién debo anunciar que ha venido a ver a mi amo?

—Un amigo de Teófilo.

El siervo abrió la puerta de par en par.

—Me llamo Macombo. Venga. Entre —dijo, y cerró firmemente la puerta detrás de Silas—. Espere aquí.

El criado se alejó a grandes zancadas.

Esta era la casa de un hombre rico. Corredores con columnas y muros con pinturas al fresco. Un patio abierto con una blanca estatua de mármol de una mujer vertiendo agua de un ánfora. El sonido del agua le hizo dar cuenta a Silas de su sed. Tragó saliva, deseó quitarse el paquete de los hombros y sentarse.

Oyó pasos acercándose... el golpeteo apurado de sandalias. Un hombre alto, ancho de hombros atravesaba el patio a grandes zancadas. Su cabello muy corto era canoso, y tenía los rasgos fuertemente delineados.

—Soy Epeneto.

—Urbano me envió.

—¿De qué Urbano se tratará?

Se esperaba que hubiera prudencia.

—Del mercado —informó Silas abriendo su bolsa y sacando un puñado de redondos dátiles.

Epeneto rió.

—Ah, sí. «Los mejores dátiles e higos de todo el imperio» —bromeó extendiéndole las manos—. Eres bienvenido aquí.

Silas recibió el saludo, sabiendo que su respuesta era de algún modo menos entusiasta que la de Epeneto.

—Ven.

Epeneto dio una orden silenciosa a Macombo, y luego guió a Silas a través del patio, por un pasadizo abovedado, y dentro de otra parte de la casa. Varios individuos se sentaban en un salón grande. Silas reconoció a uno de ellos.

Patrobas se acercó rápidamente.

—¡Silas! —exclamó con una amplia sonrisa, y lo abrazó—. Temíamos que te hubiéramos perdido.

Retrocedió y colocó firmemente una mano en el brazo de Silas mientras se dirigía a los demás.

—Dios ha contestado nuestras oraciones.

Ellos lo rodearon. Los calurosos saludos derribaron las últimas defensas de Silas. Dejó caer los hombros, inclinó la cabeza y lloró.

Nadie habló por un instante, y luego todos hablaron a la vez.

—Sírvanle un poco de vino.

—Estás agotado.

—Siéntate. Denle algo de comer.

—Macombo, pon aquí la bandeja.

Patrobas frunció el ceño y guió a Silas.

—Descansa aquí.

Cuando alguien asió su paquete, Silas instintivamente lo agarró más fuerte.

—¡No! —reaccionó con firmeza.

—Aquí estás seguro —manifestó Epeneto—. Considera tuya mi casa.

—Debo proteger estos pergaminos —contestó Silas sintiéndose avergonzado.

—Pon el paquete aquí a tu lado —insinuó Patrobas—. Nadie lo tocará a menos que se lo permitas.

Exhausto, Silas se sentó. No vio nada más que amor y misericordia en los rostros que lo rodeaban. Una mujer lo miró, sus ojos estaban inundados de lágrimas. El interés de ella lo conmovió.

—Son cartas —informó, descargando el paquete de los hombros y poniéndolo a su lado—. Copias de las que Pablo envió a los corintios. Y de las de Pedro.

Se le entrecortó la voz. Se cubrió el rostro y trató de recuperar el control, pero no pudo. Los hombros se le sacudían por los sollozos.

Alguien le apretó el hombro. Todos lloraron con él, el amor de ellos no dejaba espacio para la vergüenza.

—Nuestro amigo está con el Señor —comentó Patrobas con voz fuerte y profunda pena.

—Así es. Ahora nadie puede hacerle daño a él o a su esposa.

—Mientras hablamos ahora, ellos están en la presencia del Señor.

*Como yo anhelo estar*, quiso gritar Silas. *Oh, ¡para ver otra vez el rostro de Jesús!* Y así acabar con los sufrimientos, acabar con el miedo, acabar con los ataques de duda cuando menos los esperaba. *Estoy perdiendo la batalla dentro de mí, Señor.*

—Debemos seguir el ejemplo de la sana doctrina.

Palabras de Pablo, pronunciadas mucho tiempo atrás. Ellos habían estado sentados en una mazmorra, rodeados de oscuridad, los cuerpos adoloridos por una brutal paliza. «Sigue el ejemplo», había dicho Pablo.

—Lo estoy intentando —gimió Silas.

—¿Qué está diciendo él?

Silas farfulló entre sus manos.

—Jesús fue entregado a la muerte por nuestros pecados, y resucitó al tercer día...

Pero lo único que Silas logró ver fue al Señor en la cruz, a Pablo decapitado, a Pedro crucificado. Se presionó los nudillos de las manos en los ojos.

—Él está enfermo.

—Shhh...

—Silas.

Una mano firme esta vez, una mano romana. Ante el huésped pusieron una bandeja repleta de alimentos. Epeneto y Patrobas lo animaron a comer. Silas agarró pan con manos temblorosas y lo partió. *Este es mi cuerpo*... Sostuvo las dos mitades, temblando.

—¿Me atrevo a comer de él?

Susurros de preocupación.

Epeneto vertió vino en una copa y se la pasó.

—Bebe —le dijo.

Silas miró el fluido rojo. *Esta es mi sangre…* Él recordaba a Jesús en la cruz, de su costado herido por una lanza salía sangre y agua. Recordaba a Pedro colgando boca abajo.

El pecho se le contrajo del dolor. El corazón le latió más y más rápido. El salón se oscureció.

—¡Silas!

Él oyó el estruendo de la turba romana. Manos que lo agarraban con firmeza. *Que así sea, Señor. Si muero, habrá un final al sufrimiento. Y descanso. Por favor, Señor. Permíteme descansar.*

—Silas… —esta vez oyó una voz femenina.

Cerca. Sintió el aliento del rostro de ella.

—No nos dejes…

Voces por encima y alrededor, y luego ningún sonido en absoluto.

✦ ✦ ✦

Silas despertó, confundido. Una lámpara de cerámica ardía sobre una base. Alguien se acercó. Una mano fría le tocó la frente. Silas gimió y cerró los ojos. Tenía la garganta seca y ardiente.

Una mano fuerte se deslizó por debajo de él y lo levantó.

—Bebe —indicó Macombo colocando una copa en los labios de Silas.

Algo caliente y endulzado con miel.

—Un poco más. Te ayudará a dormir.

Silas recordó y trató de levantarse.

—¿Dónde están? ¿Dónde…? ¡Las cartas!

—Aquí —contestó Macombo levantando el paquete.

Silas lo agarró y lo acercó, suspirando mientras yacía acostado de espaldas.

—Nadie te quitará nada, Silas.

Voces iban y venían, junto con sueños. Pablo le hablaba a través de una hoguera. Lucas le vendaba las heridas. Ellos cantaban mientras iban por la carretera romana. Despertó al oír pasos y volvió a dormir. Pablo caminaba, agitado, y Silas movió la cabeza de lado a lado. «Si lo que deseas es descansar, amigo mío, y orar, las palabras vendrán».

Otra vez voces, ahora conocidas. Macombo y Epeneto.

—¿A quién le habla?

—No sé.

—Silas...

Él abrió los ojos. Una mujer estaba con la luz del sol a su espalda. Cuando ella se acercó, él frunció el ceño.

—No te conozco.

—Soy Diana. Has estado durmiendo mucho tiempo.

—Diana...

Él trató de recordar. Había visto su rostro, ¿pero dónde?

Ella le puso la mano en el hombro.

—Me sentaré contigo un rato.

—¿Cómo está él? —preguntó Epeneto en alguna parte cerca.

—No tiene fiebre.

—¿Dolor?

—Sus sueños lo atribulan.

El tiempo pasó; cuánto, Silas no lo sabía ni le preocupaba. Lo despertaron otra vez voces en el corredor fuera del cuarto.

—No solo es agotamiento lo que lo hace dormir tanto tiempo. Es la pena.

—Dale tiempo. Encontrará sus fuerzas en el Señor.

Susurros y luego la voz de Macombo.

—Parece poco interesado en comer o beber.

—Lo oí hablar en Corinto —expresó Urbano, el mercader pirata que vendía los mejores dátiles del imperio—. Fue estupendo. Piensa en la honra que el Señor nos ha dado al enviarlo aquí. Silas vio a Jesús en la carne.

—Y lo vio crucificado —afirmó Patrobas con tranquila firmeza.

—¡Y resucitado! Nosotros solo hemos oído del Señor. No lo vimos cara a cara. Nunca comimos ni caminamos con él.

Silas puso el brazo sobre sus ojos.

—Déjalo descansar un poco más antes de tratar de despertarlo. Solo han pasado tres días, y ha soportado más que cualquiera de nosotros...

¡Tres días! Por mucho que Silas quisiera escapar de la tristeza de este mundo, no podía disponer por sí mismo el cielo. Estaba abajo. El paquete de preciosos pergaminos yacía a su lado. Le dolió el cuerpo al sentarse. Se restregó la cara. Las articulaciones y los músculos protestaron al ponerse de pie. Silas giró los hombros y los estiró lentamente. Levantando las manos en alabanza habitual, oró: «Este es un día que tú hiciste, Señor, y me regocijaré en él». Quizás no se sentía así, pero lo haría en obediencia. Obediencia a regañadientes.

Obstinado, decidido, levantó el paquete y siguió el sonido de voces que se iban. Estaba en el pasadizo de un gran salón. Hombres y mujeres de toda edad estaban sentados juntos, disfrutando una cena. Silas permaneció en el sombreado corredor, analizándolos. Vio carne en una fina fuente de cerámica, y pasaban frutas en una canasta de tejido sencillo. Todos habían llevado algo para compartir.

Un festín de amor.

Silas recordó las reuniones en Jerusalén, el primer año después de la ascensión de Jesús, la emoción, el gozo, el generoso amor al prójimo entre hermanos y hermanas.

¡Jerusalén! Cuánto ansiaba ir a casa en aquellos idílicos tiempos.

Pero aunque pudiera volver a Judea, Silas sabía que nada sería igual. La persecución había ahuyentado a los seguidores de Jesús a otras ciudades y provincias, dejando atrás facciones judías que peleaban constantemente entre sí. Algún día Roma les traería paz, con el ejército, el modo en que Roma siempre trae paz. ¡Ojalá que ellos escucharan!

Jesús había advertido de la destrucción de Jerusalén. Juan le contó a Lucas lo que Jesús dijo, y Lucas lo escribió todo en la historia que estaba recopilando. El buen médico había estado trabajando duro en esa historia durante los años en que Silas anduvo con él, cuando los dos viajaban con Pablo. Hombre amable, educado, muy curioso. Médico dotado. Pablo habría muerto en varias ocasiones de no ser por los servicios de Lucas. *Y yo junto con él.*

¿Habría escapado Lucas de Roma? ¿Habría regresado a Corinto o Éfeso?

La carta más reciente de Timoteo informaba que Juan vivía en Éfeso. María, la madre de Jesús, vivía con él. Los hijos de ella, Santiago y Judas, quienes se volvieron creyentes cuando vieron al Cristo resucitado, se habían unido a los apóstoles en el concilio de Jerusalén.

—¡Silas!

Sobresaltado de su ensueño, Silas vio a Epeneto atravesar el salón.

—Ven. Únete a nosotros.

Patrobas se levantó, igual que otros más.

Epeneto llevó a Silas a un lugar de honor. Diana se levantó y preparó un plato de comida para él. Ella le sonrió con la mirada cuando él le agradeció. Un joven sentado al lado de ella le susurró en el oído.

—Ahora no, Curiatus —contestó ella.

Todos hablaban a la vez, hasta que Epeneto rió y levantó las manos.

—¡Silencio, todo el mundo! Dejen comer a Silas antes de acosarlo con preguntas.

Ellos volvieron a hablar entre sí, pero Silas sentía sus miradas. Agradeció en silencio a Dios por lo que se le había puesto ante él. Cerdo, y a juzgar por la calidad, de uno engordado en bosques de robles. Un manjar romano, e inmundo por la ley mosaica. Silas prefirió frutas. Aun ahora, años después de estar libres de la ley mosaica, le era difícil comer cerdo.

Llegaron otras personas... una familia con varios niños, una joven pareja, dos ancianos... Se llenó el salón. Y cada uno quería saludarlo, darle un apretón de manos.

Silas se sentía solo en medio de ellos, atrapado dentro de sí mismo, cautivo de pensamientos que le zumbaban como abejas enojadas. Deseaba estar solo, y sabía cuán desagradecido sería si se levantaba y dejaba ahora a esta gente. Además, ¿adónde más podría ir que no fuera ese silencioso cuarto con sus lujosos paisajes que le recordaban cosas que se había esforzado mucho en olvidar?

Todos habían acabado de comer, y Silas no tenía apetito. Vio las expectativas de ellos, y sintió las ansias que tenían de oírlo hablar.

—Conociste al Señor Jesús, ¿verdad? —preguntó primero el muchacho, haciendo caso omiso de la mano de su madre en el brazo del chico—. ¿Nos hablarás de él?

Luego los demás continuaron.

—Relátanoslo todo, Silas.

—¿Cómo era él?

—¿Cómo lucía?

—¿Qué sentías cuando estabas en su presencia?

—¿Y los apóstoles? Los conociste a todos, ¿no es así? ¿Cómo eran? —volvió a preguntar el muchacho, suplicante y lleno de curiosidad—. ¿Nos enseñarás como has enseñado a otros?

¿No había él predicado cientos de veces en docenas de ciudades desde Jerusalén hasta Antioquía y Tesalónica? ¿No había contado la historia de Jesús crucificado y resucitado ante pequeñas y grandes multitudes, muchas de las cuales alababan a Dios y otras se mostraban burlonas y hostiles? ¿No había Silas trabajado con Timoteo en enseñar a los corintios? Él había viajado miles de kilómetros junto a Pablo, estableciendo iglesias en ciudad tras ciudad.

Sin embargo, aquí entre estos amigables y hospitalarios hermanos y hermanas, no se le ocurría nada qué decir.

Silas miró de rostro en rostro, tratando de ordenar sus pensamientos, intentando pensar dónde empezar, cuando lo único que podía ver en los ojos de su mente fue a Pedro colgando boca abajo, y su sangre formando un charco cada vez más grande debajo de él.

Todos lo miraban, esperando, ansiosos.

—Temo...

Su voz se entrecortó. Sintió como si alguien le hubiera sujetado la garganta con fuertes manos. Tragó de manera convulsiva y esperó hasta que pasara la sensación.

—Temo ponerles a ustedes en peligro —empezó diciendo la verdad, pero dudó que esta lo recomendara—. A Pablo lo decapitaron; a Pedro lo crucificaron. Dispersaron a los apóstoles, y a la mayoría martirizaron. Nadie puede reemplazar a estos grandes testigos de Dios. Nadie puede hablar el mensaje de Cristo de modo tan eficaz como ellos.

—Tú predicaste eficazmente en Corinto —comentó Urbano—. Cada una de tus palabras me llegó al alma.

—El Espíritu Santo es quien te llega, no yo. Y eso fue hace mucho tiempo, cuando yo era más joven y más fuerte que hoy.

Más fuerte en el cuerpo; más fuerte en la fe. Los ojos de Silas se llenaron de lágrimas.

—Unos cuantos días atrás en Roma vi a un querido amigo sufrir una horrible muerte por mostrar el testimonio de Dios. No creo que yo pueda continuar…

—Tú eras secretario de Pedro —interrumpió Patrobas. Importantes palabras. Ellos querían llevarlo a campo abierto.

—Sí, y mi presencia les trae peligro a todos ustedes.

—Un peligro al que le damos la bienvenida, Silas.

Los demás susurraron estar de acuerdo con la firme declaración de Epeneto.

—Por favor. Enséñanos —volvió a rogar el muchacho.

El chico no se veía mucho menor de lo que era Timoteo el día en que Silas lo conoció. Con sus hermosos ojos negros, muy llenos de compasión, Diana miró a Silas. El corazón de este se contrajo ante lo que veía. ¿Qué podría decir para hacerles entender lo que él mismo no entendía? *Ah, Señor, no puedo hablar de la crucifixión. No puedo hablar de la cruz… ni de la tuya ni de la de Pedro.*

Silas sacudió la cabeza, y mantuvo la mirada baja.

—Lamento no poder pensar con suficiente claridad para enseñar —empezó, hurgando en el paquete a su lado—. Pero he traído cartas.

Eran copias exactas que él había hecho de los originales. Miró a Epeneto, desesperado, apelando a él como anfitrión.

—Tal vez alguien aquí pueda leer las cartas.

—Sí. Por supuesto —contestó sonriendo Epeneto, y se levantó.

Silas sacó una, con mano temblorosa, y se la pasó al romano.

Epeneto leyó una de las cartas de Pablo a los corintios. Al terminar sostuvo el pergamino por un momento antes de enrollarlo cuidadosamente y devolvérselo a Silas.

—Hemos añorado esta clase de alimento espiritual.

Silas guardó el pergamino con mucho cuidado.

—¿Podemos leer otra? —inquirió Curiatus, quien se había acercado más.

—Escoge una.

Patrobas leyó una de las cartas de Pedro. Silas había hecho varias copias de ella y las había enviado a muchas de las iglesias que iniciara con Pablo.

—Pedro deja en claro que le fuiste de gran ayuda, Silas.

Silas estaba conmovido por el elogio de Diana, y receloso debido a lo que él sentía.

—Las palabras son de Pedro.

—Hermosamente escritas en griego —señaló Patrobas—. Para nada la lengua materna de Pedro.

¿Qué podía decir Silas sin parecer jactancioso? Sí, había ayudado a Pedro a pulir sus ideas y a ponerlas en griego adecuado. Pedro había sido un pescador que trabajaba para llevar alimento a la mesa familiar. Mientras Pedro trabajaba duro con sus redes, Silas se sentaba cómodo ante un inflexible rabino que exigía que se memorizara toda palabra del Torá. Dios había escogido a Pedro como uno de sus doce discípulos. Y Pedro había escogido a Silas como su secretario. Por la gracia y la misericordia del Señor, Silas había acompañado a Pedro y a su esposa en su viaje a Roma. Siempre se sentiría agradecido y humilde por los años pasados con ellos.

Aunque el arameo era la lengua regular de Judea, Silas podía hablar y escribir el hebreo y el griego, así como el latín. Hablaba suficiente egipcio como para defenderse en una conversación. Todos los días agradecía a Dios por haberle permitido usar los dones que le había dado para servir a los siervos del Señor.

—¿Cómo era caminar con Jesús?

Otra vez el muchacho. Joven insaciable. Tanto como Timoteo.

—No viajé con él, y tampoco estuve entre aquellos que él escogió.

—Pero lo conociste.

—Supe *de* él. Dos veces lo encontré y hablé con él. Lo conozco ahora como Señor y Salvador, exactamente como ustedes. Él mora en mí, y yo en él por medio del Espíritu Santo.

Silas puso la mano en el pecho. *Señor, ¿tendría yo la fe de Pedro para soportar si me clavaran a una cruz?*

—¿Están bien del todo, Silas? ¿Estás con dolor otra vez?

Negó con la cabeza. No se encontraba en peligro físico. No aquí. No ahora.

—¿A cuántos de los doce discípulos conociste?

—¿Cómo eran ellos?

Muchas preguntas… las mismas que antes había contestado en innumerables ocasiones en reuniones casuales desde Antioquía a Roma.

—Él los conoció a todos —comunicó Patrobas ante el silencio de Silas—. Él se sentó en el concilio de Jerusalén.

Silas obligó a su mente a enfocarse.

—Ellos fueron extraños para mí durante los años en que Jesús predicó.

Los compañeros más íntimos de Jesús no eran personas con quienes Silas habría querido tener contacto. Pescadores, un zelote, un recaudador de impuestos. Habría evitado su compañía, porque cualquier relación con ellos habría dañado la reputación de él. Fue solo después que llegaron a ser sus amados hermanos.

—Oí a Jesús hablar una vez cerca de las playas de Galilea, y varias veces en el templo.

—¿Cómo fue estar en su presencia? —preguntó Curiatus inclinándose hacia delante y apoyando los codos en las rodillas y la barbilla en las manos.

—La primera vez que lo vi creí que se trataba de un joven rabino muy sabio para su edad. Pero cuando habló y lo miré a los ojos, tuve miedo —confesó, luego negó con la cabeza, y pensó de nuevo—. No miedo. Terror.

—Pero él era amable y misericordioso. Así nos lo han dicho.

—Así es Jesús.

—¿Y cómo era su apariencia?

—Oí decir que resplandecía como oro, y que salía fuego de sus labios.

—Una vez en una montaña, Pedro, Santiago y Juan lo vieron transfigurado, Pero Jesús se despojó de su gloria y vino a nosotros como hombre. Lo vi varias veces. No había nada en la apariencia física de Jesús que atrajera a la gente hacia él. Pero cuando hablaba lo hacía con la autoridad de Dios.

Los pensamientos de Silas se remontaron a esa época antes de conocer personalmente al Señor, días llenos con rumores y preguntas en susurros, mientras los sacerdotes se reunían en círculos estrechos, quejándose en los pasillos del templo. Fue más que todo el comportamiento de ellos lo que había llevado a Silas a Galilea para ver por sí mismo quién era este Jesús. Él había sentido el temor de ellos, y más adelante presenció la celosa ferocidad de este hombre.

—Basta, amigos míos —expresó Epeneto poniéndole la mano en el hombro—. Silas está cansado. Además es muy tarde.

Cuando los demás se levantaron, el muchacho pasó a la fuerza entre dos hombres y se acercó a Silas.

—¿Puedo hablar contigo? —le preguntó—. Solo por un momento.

Diana extendió la mano hacia el muchacho, ruborizada, disculpándose con la mirada.

—Ya oíste a Epeneto, hijo mío. Ven. La reunión se acabó por esta noche. Dale un respiro al hombre.

Diana alejó a su hijo.

—¿Podríamos regresar mañana?

—Más tarde. Quizás. Después del trabajo...

—No nos dejarás, ¿verdad? —inquirió Curiatus mirando hacia atrás—. Tienes palabras de verdad para hablar.

—¡Curiatus!

—Él escribió todos esos pergaminos, madre. Pudo escribir todo lo que ha visto y oído...

Diana abrazó a su hijo y le habló suavemente, pero con más firmeza esta vez, mientras lo sacaba del salón.

Epeneto vio alejarse a todos sin novedad. Cuando regresó, sonrió.

—Curiatus está bien. Sería bueno que hicieras un recuento escrito.

Silas había pasado la mayor parte de su vida escribiendo cartas, dejando por escrito en pergaminos el aliento y las instrucciones de hombres inspirados por Dios; el consejo en Jerusalén, Santiago, Pablo, Pedro.

—Durante mucho tiempo ayudé a otros a clasificar y expresar sus pensamientos.

—¿No te ayudaría a arreglar tus pensamientos y sentimientos si lo hicieras? Sufres, Silas. Todos podemos ver eso. Tú amabas a Pedro y a su esposa. Amabas a Pablo. No es fácil perder un amigo. Y tú has perdido a muchos.

—Mi fe es débil.

—Tal vez esa sea la mejor de todas las razones para que vivas en el pasado —lo desafió Epeneto de modo más serio—. Has pasado toda la vida al servicio de otros. Tus dedos manchados de tinta son prueba de ello.

La parte más oscura de la noche había llegado, una oscuridad que aplastaba el espíritu de Silas. Él se miró las manos. Ellas lo denunciaban.

—A Curiatus le pusieron acertadamente el nombre —expresó Epeneto suavemente—. Pero tal vez Dios te trajo a nosotros y puso la idea en la cabeza del muchacho. ¿No es eso posible?

Silas cerró los ojos. *¿Puedo vivir en el pasado sin ser destrozado por él? Me arrepiento, Señor; me arrepiento de los años perdidos. ¿Es eso también un pecado?*

Epeneto extendió las manos.

—Aún quedan pocas y valiosísimas personas que estuvieron en Judea cuando Jesús caminó en esta tierra.

—Todo eso también es dolorosamente cierto.

Silas oyó su propia amargura.

Epeneto se sentó con las manos agarradas, e intensa expresión.

—No contaré mi historia hasta que te conozca mejor, pero sí sé esto: no estás solo en tu lucha con la fe. Cualquier tristeza que tengas distinta a la muerte de tus amigos no está oculta del Señor. Tú y yo sabemos que Jesús murió por todos nuestros pecados, y que resucitó de los muertos. A través de la fe en él tenemos la promesa de vida eterna. Viviremos para siempre en la presencia del Señor. Pero igual que el muchacho, tengo ansias de saber más acerca de Jesús. Mucho de lo que oímos se nos olvida. Esos pergaminos, por ejemplo. Patrobas y yo leímos dos esta noche. Pero si te vas mañana, ¿cuánto de esos escritos recordaremos la semana entrante o el próximo mes? ¿Y qué de nuestros hijos?

—Ya otro emprendió la tarea de escribir la historia: Lucas, el médico.

—He oído hablar de él. Esa es una noticia maravillosa, Silas, ¿pero dónde está él ahora; salió de Roma después de que decapitaran a Pablo, ¿no es así? ¿Cuánto tiempo pasará antes de que recibamos una copia de lo que él ha escrito?

—Él no fue el único. Muchos han emprendido la tarea de recopilar un relato de las cosas que sucedieron y de lo que se ha logrado.

—Quizás así sea, Silas, pero no hemos recibido nada en forma de cartas que no sea la escrita por Pablo. ¡Tú estás aquí con nosotros! Queremos saber lo que aprendiste de Pedro y Pablo. Queremos ver a estos hombres de fe como los viste tú. Ellos soportaron hasta el final. Como tú soportas ahora. Háblanos de tu vida.

—¡Lo que pides es una tarea monumental!

*Y yo soy muy débil, Señor. Permite que alguien más haga lo que él pide.*

—La tarea no está más allá de tus capacidades, Silas —lo consoló Epeneto amarrándole el brazo—. Cualquier cosa que necesites, solo tienes que pedirla. Pergaminos, tinta, un lugar seguro para escribir sin interrupción. Dios me ha bendecido con abundancia, así que puedo bendecir a otros. Dame la bendición y la honra de servirte.

El romano se levantó.

—Que tengas paz con cualquier cosa que el Señor pida de ti.

—¡Epeneto! —gritó Silas antes de quedarse solo en el salón—. No es fácil mirar hacia atrás.

—Lo sé —contestó el romano deteniéndose en la entrada, con la boca ladeada—. Pero a veces debemos mirar hacia atrás antes de poder seguir adelante.

# DOS

**SILAS**, *discípulo de Jesucristo, testigo de la crucifixión, siervo del Señor resucitado, Señor y Salvador, Jesucristo, a la familia de Teófilo. Gracia a ti y paz de Dios nuestro Padre y del Señor Jesucristo.*

La primera vez que oí el nombre de Jesús fue en el templo en Jerusalén. En esa época eran comunes los rumores de falsos profetas y de autoproclamados mesías, y a menudo apelaban a los sacerdotes para investigar. Unos cuantos años antes, Teudas había afirmado ser el ungido de Dios. Ganó cuatrocientos discípulos antes de ser asesinado por los romanos. Los demás se dispersaron. Luego, durante el censo, se levantó Judas el galileo. Al poco tiempo lo mataron y sus seguidores se disgregaron. Mi padre me había advertido contra hombres que crecían como mala hierba entre trigo.

—Confía en la ley de Moisés, hijo mío. Es lámpara a tus pies y luz a tu sendero.

Juan el Bautista empezó a reunir multitudes en el río Jordán, y las bautizaba para el arrepentimiento de pecados. Una delegación de sacerdotes salió a cuestionarlo. A su regreso escuché palabras iracundas en los corredores sagrados.

—Él es un falso profeta que sale del desierto y se alimenta de langostas y miel.

—¡El tipo está loco!

—¡El hombre usa ropa hecha de pelo de camello y un cinturón de cuero!

—Se atrevió a llamarnos camada de víboras.

—Loco o no, capta la atención de la gente. Además nos preguntó a gritos quién nos había advertido contra el venidero castigo de Dios. ¡Debemos hacer algo respecto a él!

Se hizo algo, pero no por medio de los sacerdotes y líderes religiosos. Juan confrontó al rey Herodes por su relación adúltera con Herodías, esposa de su hermano Felipe. Lo arrestaron y lo metieron en la cárcel del palacio. Herodías hizo una fiesta por el cumpleaños del rey, y usó a su hija para tentar a Herodes a hacer una promesa insensata: si danzaba para sus invitados, él le daría cualquier cosa que ella deseara. Cayó en la trampa. La muchacha exigió en una bandeja la cabeza de Juan el Bautista, y alegremente entregó el horripilante regalo a su manipuladora madre.

Quienes creían que Juan el Bautista era el Mesías se entristecieron por su muerte y perdieron la esperanza. Otros dijeron que él señaló el camino a Jesús, y fueron tras el Rabino de Nazaret. Algunos, como yo, esperamos con cautela para ver qué ocurría. Todos los judíos vivían con la esperanza de la venida del Mesías. Anhelábamos ver rotas las cadenas de Roma, y a nuestros opresores expulsados de la tierra que Dios había dado a nuestros antepasados. Queríamos que nuestra nación fuera una gran nación, como había sido durante el tiempo del rey David y del rey Salomón, su hijo.

Algunos ponían su esperanza en la sepultura poco profunda de un falso mesías, solo para levantarla de nuevo cuando aparecía otro en el horizonte. ¡La esperanza puede ser un terrible amo!

Hubo muchos rabinos en Judea, cada uno con discípulos que se acoplaban a las enseñanzas que impartían. Algunos se reunían en los corredores del templo, otros en distantes sinagogas. Otros más viajaban de ciudad en ciudad, reuniendo discípulos al pasar. No era poco común ver un grupo de jóvenes siguiendo los pasos de sus rabinos, aferrándose a cada una de sus palabras.

Creí que no había nadie tan sabio como mi padre, quien me había dicho que aprendiera de memoria la Ley y viviera según ella. Creí que la Ley me salvaría. Creí que por seguir los mandamientos, y ofrecer sacrificios, me podía ganar el favor de Dios.

De ahí que a menudo estaba en el templo, llevando mis diezmos y ofrendas. La Ley era mi delicia, y mi ruina. Yo oraba y ayunaba. Obedecía los mandamientos. Y sin embargo sentía que estaba al borde de un gran precipicio. Un resbalón, y caería en pecado y me perdería para siempre. Yo deseaba seguridad.

O creí que la deseaba.

Las historias acerca de Jesús persistían y aumentaban en magnitud.

—¡Jesús le devolvió la vista a un ciego!

—Jesús hizo que un paralítico caminara en Capernaum.

—¡Él expulsa demonios!

Algunos hasta afirmaban que resucitó de la muerte al hijo de una viuda.

Los jefes de los sacerdotes que habían salido a investigar a Juan el Bautista se reunieron en aposentos con el sumo sacerdote, Caifás. Mi padre, quien había sido amigo de toda la vida de la familia de Anás, me contó después lo indignados que se pusieron cuando les preguntó si Jesús podría ser el Mesías.

—El Mesías será un hijo de David nacido en Belén, ¡no un humilde carpintero de Nazaret que come con recaudadores de impuestos y prostitutas!

Ni ellos, ni yo, sabíamos en ese tiempo que Jesús en realidad había nacido en Belén de una virgen comprometida para casarse con José. Tanto María como José eran de la tribu de Judá, y descendientes del gran rey David. Surgieron más pruebas al cumplirse la profecía de Isaías, porque María concibió por el Espíritu Santo. Más tarde me enteré de estos hechos, y simplemente me afirmaron entonces todo cuanto yo había llegado a creer de Jesús. Hasta donde yo sabía, no habían cambiado las opiniones de Anás, Caifás y de otros sacerdotes aferrados tan firmemente al poder, que se imaginaban que lo tenían en la palma de sus manos. Ahora Anás está muerto. Y Caifás también partió hace mucho.

Lo que me alejó de Jesús por tanto tiempo fueron los compañeros que él tenía. Yo nunca había oído de algún rabino que comiera con pecadores, mucho menos que los invitara a ser sus amigos. Busqué discipulado con un rabino muy respetado, que no me recibió hasta que le probé que era digno de ser su alumno. Jesús salió y escogió sus discípulos de entre hombres comunes. Yo había pasado mi vida con prudencia, evitando todo lo que el Torá declaraba inmundo. No conversaba con mujeres, y no dejaba entrar a un galileo a mi casa. Sabía que mi rabino no oiría el nombre de Jesús. El nazareno era un renegado. Jesús sanaba leprosos; enseñaba a las mujeres que viajaban con él; recogía a los pobres, los oprimidos, los deshonrados en las laderas y los alimentaba. ¡Hasta predicaba a los odiados samaritanos!

¿Quién era este hombre? ¿Y qué bien creía él estar haciendo al despedazar las tradiciones acumuladas con los siglos?

Yo anhelaba analizar todos estos asuntos con mi padre, pero no pude. Él estaba muy enfermo y murió en el calor del verano. Busqué a uno de sus amigos más respetados, un miembro del alto consejo, Nicodemo.

—¿Es el nazareno un profeta o un revolucionario peligroso?

—Él habla con gran compasión y conoce la Ley.

Me quedé atónito.

—¿Ha estado usted con el hombre?

—Una vez. Por poco tiempo.

Nicodemo cambió de tema y no fue posible que lo retomara.

Me preguntaba cuántos otros entre los jefes de los sacerdotes y escribas habían salido a oír predicar a Jesús. Cada vez que se mencionaba el nombre de Jesús, yo ponía atención. Supe que él hablaba en muchas sinagogas y que enseñaba acerca del reino de Dios. Aumentó en mí el deseo de dejar mi cautelosa vida. Deseaba ver a Jesús. Quería oírle predicar. Anhelaba saber si él era quien podía contestar todas mis inquietudes.

Por sobre todo, igual que muchos otros, quería verlo realizar un milagro. Quizás entonces yo sabría si tomar en serio o no a este profeta en particular.

Así que fui a Galilea.

✦ ✦ ✦

Sentí que la muchedumbre en Capernaum era más grande que la que había visto en el templo, excepto durante la fiesta de la Pascua, cuando venían judíos de Mesopotamia, Capadocia, Ponto, Asia, Frigia, Panfilia, Egipto y hasta Roma. Las personas que encontré ese día en Capernaum me asustaron, porque se trataba de desamparados. Un ciego en harapos, viudas indigentes, madres que cargaban niños chillando, tullidos, individuos que arrastraban camillas en que yacían parientes o amigos enfermos, leprosos y marginados, todos gritaban y trataban de avanzar y acercarse a Jesús. Por supuesto, yo había visto muchos pobres y enfermos mendigando en las gradas del templo, y a menudo les di dinero. ¡Pero nunca había visto tantos! Llenaban las calles y llegaban hasta la costa del mar de Galilea.

—¡Jesús! —gritó alguien—. ¡Ya viene Jesús!

Todos empezaron a gritarle a la vez. El sonido de voces angustiadas, suplicantes y esperanzadas era ensordecedor.

—Mi padre yace enfermo…

—Mi hermano se muere…

—Estoy ciego. ¡Sáname!

—¡Ayúdame, Jesús!

—¡Mi hermana está poseída por un demonio!

—¡Jesús!

—*¡Jesús!*

Me estiré, pero no logré ver por sobre la gente. El corazón se me aceleró de emoción al contagiarme de la fiebre de esperanza de estas personas. Me arrastré sobre el muro, quedé peligrosamente equilibrado, desesperado por ver a este hombre que muchos denominaban profeta, y que algunos decían que era el Mesías.

Y allí estaba él, caminando entre la gente. Se me fue el alma a los pies.

Jesús no era como ningún rabino que yo había visto. Este no era un erudito canoso con blancas túnicas largas y sueltas, y el ceño fruncido. Era joven... solo algunos años mayor que yo. Usaba ropas sencillas, y tenía hombros anchos, brazos fuertes, y la piel oscura de un trabajador común. Nada en su apariencia lo elogiaba. Jesús miraba a quienes lo rodeaban. Hasta tocaba a algunos. Uno le agarró la mano y se la besó llorando. Jesús se movía entre la muchedumbre mientras la gente gritaba de gozo.

—¡Un milagro!

*¿Dónde?* —me pregunté—. *¿Dónde está el milagro?*

Las personas trataban de estirarse por sobre otras.

—¡Tócame, Jesús! ¡Tócame!

Sus amigos se movían más cerca de él, tratando de hacer retroceder a las personas. El mayor —Pedro— les gritaba que abrieran paso. Jesús se subió a una de las barcas. Me inundó la desilusión. ¿Habría yo llegado hasta aquí solo para haberlo visto por tan poco tiempo?

Jesús se sentó en la proa mientras sus discípulos remaban. No habían ido muy lejos cuando soltaron el ancla. Jesús habló desde allí, y la multitud hizo silencio, se sentó y escuchó mientras la tranquila voz del Maestro se transportaba por el agua.

No puedo decir todo lo que Jesús dijo ese día, ni sus palabras exactas, pero su enseñanza ocasionó gran desconcierto dentro de mí. Él expresó que la parte medular de la Ley era la misericordia; yo siempre había creído que era el juicio. Habló de amar a nuestros enemigos, pero yo no podía creer que se refiriera a los romanos que habían traído ídolos a la nación. Dijo que no nos preocupáramos por el futuro, porque cada día trae sus propios afanes. Yo me preocupaba todo el tiempo respecto de guardar la Ley. Me preocupaba que no cumpliera con las expectativas de mi padre. Me preocupaba desde la mañana hasta la noche respecto de cientos de cosas sin importancia. Jesús nos advirtió contra falsos profetas, mientras los escribas y los fariseos lo veían como uno de estos.

La voz de Jesús era profunda y fluía como muchas aguas. El corazón me temblaba al sonido de ella. Incluso ahora después de tantos años espero oír su voz otra vez.

Cuando él terminó de hablar, la gente se levantó y gritó, ya no pidiendo más de su sabiduría sino exigiendo milagros. ¡Querían sanidad! ¡Querían pan! ¡Querían que acabara el dominio romano!

—¡Sé nuestro rey!

Pedro levantó la vela. Andrés alzó el ancla. Las personas se metieron al mar, pero el viento ya había alejado a la barca de la orilla.

Yo quería llorar, también; no por pan, de lo cual tenía mucho, ni por sanidad, de la cual no necesitaba, sino por cómo Jesús interpretaba la Ley. Sus palabras me habían llenado con más inquietudes de las que me llevaron a Galilea. Desde mi infancia escuché a escribas y líderes religiosos. Nunca un hombre había hablado con autoridad como lo hacía el carpintero de Nazaret.

Cuando las personas corrieron por la orilla, agarré mis vestiduras, me despojé de mi dignidad, y corrí con ellas. La barca giró y navegó hacia la orilla opuesta. Otros siguieron corriendo, tratando de llegar al otro lado del lago antes que Jesús.

Cansado, sin aliento, me senté con los brazos apoyados en las rodillas levantadas, y observé a Jesús alejarse en la barca, llevándose con él mi esperanza.

◆ ◆ ◆

Jesús viajaba de ciudad en ciudad. Predicaba en las sinagogas. Hablaba a multitudes cada vez más grandes en las colinas. Enseñaba por medio de historias que la gente común entendía mejor que yo, historias acerca de tierra, semillas, trigo y malas hierbas, tesoros ocultos en un campo, redes de pescar, cosas desconocidas para alguien que se había criado en Jerusalén. La gente discutía constantemente respecto de él. Algunos decían que venía del cielo; otros se negaban a creer que hasta fuera profeta. Los escribas y fariseos exigieron una señal milagrosa, y Jesús se negó.

—Esta generación malvada y adúltera busca una señal milagrosa, pero no se le dará más señal que la de Jonás.

¿Pero qué significaba eso?

Muchos discípulos dejaron a Jesús, algunos desilusionados, otros porque no lograban entender o creer.

Yo salí por temor de lo que los líderes religiosos podrían hacer si me veían entre los seguidores de Jesús. Debía proteger mi reputación.

—¿Encontraste al Mesías? —se me burló mi rabino.

—No —contesté, y poco después lo dejé.

Jesús vino a Jerusalén y enseñó en el templo, en gran parte para ira de los escribas y fariseos. Ellos lo cuestionaron, y él los condenó con sus respuestas. Le pusieron trampas; él no cayó en ellas. Le hicieron preguntas engañosas acerca de la Ley, y él les puso al descubierto el engaño, les desafió su conocimiento del Torá, y les dijo que no servían a Dios sino a su padre, el diablo.

La ciudad estaba invadida de agitación. Todo el mundo hablaba de Jesús.

Él entonces volvió a irse a la campiña y las aldeas entre el pueblo. Llegó hasta Cesarea de Filipo que estaba llena de ídolos y con las puertas del infierno, donde los gentiles creían que los demonios entraban y salían del mundo. Jesús viajó por Decápolis y estuvo en Samaria. Aunque yo no lo seguí, reflexioné en sus palabras: «También se parece el reino de los cielos a un comerciante que andaba buscando perlas finas. Cuando encontró una de gran valor, fue y vendió todo lo que tenía y la compró». ¿Qué era esta perla? ¿Qué tendría que vender para comprarla?

Como exigía la Ley, Jesús regresaba a Jerusalén tres veces cada año, para la fiesta de los Panes sin levadura, la fiesta de las Cosechas, y la fiesta de las Enramadas. Y cada vez que Jesús venía con sus ofrendas a Dios, los sacerdotes se hacían más hostiles, más decididos a volver al pueblo contra él. Llegaron incluso a aliarse con aquellos a quienes despreciaban profundamente, los herodianos, quienes hacían preguntas que habrían hecho entrar a Jesús en conflicto con la ley romana.

—¿Nos está permitido pagar impuestos al césar o no?

En respuesta, Jesús pidió una moneda. Cuando le dieron un denario, preguntó a los escribas herodianos de quién era la imagen que había en ella.

—Del césar —contestaron.

—Entonces denle al césar lo que es del césar, y a Dios lo que es de Dios.

Los saduceos le preguntaron sobre la resurrección de los muertos, y Jesús les dijo que estaban equivocados en su comprensión de las Escrituras.

—¿No han leído lo que Dios les dijo a ustedes: «Yo *soy* el Dios de Abraham, de Isaac y de Jacob»? Él no es Dios de muertos, sino de vivos.

Sus palabras me dejaron pasmado. Todos los judíos sabían que los huesos de los patriarcas yacen en la cueva de Macpela cerca de Hebrón. ¿Y sin embargo vivían? Lo que dijo me confundió más de lo que me ilustró. Mientras más me esforzaba en entender lo que había aprendido, más confundido me sentía.

Las multitudes refunfuñaban. Unos decían que Jesús era un buen hombre; otros afirmaban que hacía descarriar a la gente. Los sacerdotes querían atraparlo, pero ninguno se atrevía a ponerle las manos encima. Él y sus discípulos acamparon en el monte de los Olivos, pero yo no fui allá, temeroso de lo que dirían otros si me veían allí. Así que esperé, sabiendo que Jesús vendría temprano al templo.

Me encontraba allí cuando algunos escribas y fariseos llevaron a rastras ante Jesús a una mujer medio vestida.

—Maestro —le dijeron, aunque yo sabía que el título los irritaba—, a esta mujer se le ha sorprendido en el acto mismo de adulterio. En la ley Moisés nos ordenó apedrear a tales mujeres. ¿Tú qué dices?

La temblorosa mujer se cubrió lo mejor que pudo. Metió las piernas por debajo de sí misma y se cubrió la cabeza con los brazos. Los hombres miraban, susurrando, porque ella era hermosa. Algunos soltaban risitas burlonas. Me puse detrás de una columna y observé, asqueado. Esa mañana yo había visto a la mujer con uno de los escribas.

Jesús se agachó y garabateó en el suelo. ¿Escribió que la Ley también prescribía que fuera apedreado el hombre que compartía el lecho con la mujer? No logré ver. Cuando Jesús se levantó, contuve el aliento, porque la Ley era clara. La mujer debía morir. Si les decía que la dejaran ir, Jesús infringiría la ley mosaica, y ellos habrían tenido razón para acusarlo. Si decía que la apedrearan, usurparía el poder de Roma, porque solo el gobernador podía ordenar una ejecución.

—Aquel de ustedes que esté libre de pecado, que tire la primera piedra.

Jesús se agachó y volvió a escribir.

Nadie se atrevió a levantar una piedra, porque Dios es el único que no peca. Permanecí detrás de una columna para ver lo que haría Jesús. A continuación miró a la mujer.

—¿Dónde están tus acusadores? ¿Nadie más te condena?

—Nadie, Señor —contestó ella mientras le corrían lágrimas por la cara.

—Tampoco yo te condeno. Ahora vete, y no vuelvas a pecar.

Aunque me conmovió su misericordia, me pregunté: ¿Y la Ley?

No lo seguí luego, sin embargo absorbí sus palabras. Aunque muchos de los jefes de los sacerdotes lo llamaban un falso profeta, despreciándolo y rechazándolo, él me atrajo con su enseñanza.

—¡Un carpintero nazareno como el Mesías de Dios! ¡Es blasfemia hasta insinuarlo!

Ninguno de nosotros —ni siquiera sus amigos más cercanos— imaginaron qué quiso decir Jesús al expresar: «Cuando hayan levantado al Hijo del hombre, sabrán ustedes que yo soy».

Casi al final de la semana, con temor pero lleno de esperanza, fui a ver a Jesús. Ya había conocido a Pedro, Andrés y Mateo. Conocí a Juan, y él me animó a «hablar con el Maestro». No me atreví a contarle a Juan mi más profunda esperanza: convertirme en discípulo, ser suficientemente digno de viajar con Jesús.

Sin duda, toda mi capacitación, todo mi esfuerzo y mi sacrificio personal, me habían preparado para ser contado entre los discípulos del Maestro. Creí que podía ayudarle. Después de todo, yo tenía relaciones. Quería que Jesús supiera cuán duro había trabajado toda mi vida en guardar la Ley. Yo esperaba que cuando él supiera estas cosas me diera la seguridad que yo ansiaba. Tenía mucho que ofrecerle. Me acogería con gusto. O esto era lo que yo creía.

¡Yo era un tonto!

Nunca olvidaré los ojos de Jesús al contestar mis preguntas.

Yo había buscado su aprobación; él puso al descubierto mi orgullo y mi auto-engaño. Personalmente había esperado convertirme en uno de sus discípulos; me dijo a lo que yo debía renunciar para llegar a ser completo. Me dio toda la prueba que yo necesitaba para confirmar que él era el Mesías. Miró dentro de mi corazón, los secretos ocultos que ni siquiera yo sospechaba que estuvieran allí.

Entonces Jesús manifestó lo que yo había anhelado oír.

—Ven. Sígueme.

No pude contestar.

Jesús esperó, sus ojos estaban llenos de amor.

Esperó.

¡Dios esperaba, y yo no decía nada!

Ah, yo creí en él. No entendía todo lo que él decía, pero sabía que Jesús era el Mesías.

Y sin embargo me alejé. Volví a lo único que sabía, regresé a la vida que me dejaba vacío.

Pasaron meses. ¡Cómo sufrí, mi mente la torturaban pensamientos del sepulcro! Al subir las gradas del templo ponía monedas en manos de mendigos, y me avergonzaba por dentro. Yo conocía la verdad. No daba por el bien de ellos sino por el mío. Una bendición… ¡tras eso era lo que yo iba! Otra señal a mi favor, una obra para acercarme a la seguridad de esperanza y de mejores cosas por venir. Para mí.

Lo que había visto como bendición y favor de Dios había resultado ser una maldición que probaba mi alma. Y había fallado, porque no tenía convicción de renunciar a lo que me daba honra, posición y placer. Fallé una y otra vez; día tras día, semana tras semana, mes tras mes.

¡Deseé nunca haber oído el nombre de Jesús! ¡En vez de calmar la inquietud de mi alma, sus palabras me azotaban la conciencia y me destrozaban el corazón. Él convirtió en escombros los cimientos de mi vida.

Se acercaba la Pascua. Una avalancha de judíos vino a Jerusalén. Oí que Jesús llegó por el camino montado en un borrico, con personas en fila que agitaban hojas de palma y cantaban: «¡Hosanna al Hijo de David! ¡Bendito el que viene en el nombre del Señor! ¡Hosanna en las alturas!».

Jesús, el Mesías, había venido.

No salí a verlo.

Cuando Jesús entró al templo agarró un látigo y expulsó a los que cambiaban dinero y a los mercaderes que abarrotaban el patio que se debería haber dejado libre para los gentiles que buscaban a Dios. Él clamó contra aquellos que habían convertido en «cueva de ladrones» la casa de oración de su Padre. La gente se alejó ante su ira.

Yo no estaba allí. Me lo contaron más tarde.

Jesús enseñaba cada día en el templo. Sus parábolas ponían al descubierto la hipocresía de los líderes religiosos, avivando su odio mientras fingían no comprender. Ellos distorsionaban las palabras de Jesús, tratando de usarlas contra él. Oprimían a los que amaban a Jesús, y hasta amenazaron con expulsar del templo a un pobre lisiado porque llevaba su estera después que Jesús lo sanara en sábado.

—¡Ay de ustedes, maestros de la ley y fariseos, hipócritas!

Temblé cuando lo oí. Me oculté ante su perspectiva.

—Todo lo hacen para que la gente los vea: Usan filacterias grandes y adornan sus ropas con borlas vistosas; se mueren por el lugar de honor en los banquetes y los primeros asientos en las sinagogas. *¡Ay de ustedes!*

La voz de Jesús retumbaba y repicaba mientras recorría a grandes zancadas los corredores del templo.

—Ustedes se apoderan de los bienes de las viudas y a la vez hacen largas plegarias para impresionar a los demás.

Los escribas gritaban contra Jesús, pero no podían ahogar la verdad que salía de la boca de él. Acusó a los sacerdotes, quienes debían ser los pastores del pueblo de Dios, y en vez de eso se comportaban como una manada de lobos que devoraban el rebaño.

—Ustedes recorren tierra y mar para ganar un solo adepto, y cuando lo han logrado lo hacen dos veces más merecedor del infierno que ustedes. ¡Ay de ustedes, guías ciegos! Dan la décima parte de sus especias: la menta, el anís y el comino. Pero han descuidado los asuntos más importantes de la ley, tales como la justicia, la misericordia y la fidelidad.

Los muros del templo reverberaban ante el sonido de la voz del Maestro. Las voces de aquellos a quienes confrontaba parecían nada ante la ira de él. Me estremecí de miedo.

—Y les advierto que ya no volverán a verme hasta que digan: «¡Bendito el que viene en el nombre del Señor!».

Jesús salió del templo. Como ovejas tras el pastor, sus discípulos lo siguieron. Algunos miraban hacia atrás temerosos, otros con entusiasmado orgullo. Se levantaron voces iracundas. Los escribas y fariseos, los sacerdotes, todos parecían estar gritando a la vez. ¿Se desbordaría la furia en el interior de este lugar hacia el resto de las calles? Los rostros de ellos se retorcían de ira. Sus bocas se abrían en maldiciones sobre el nazareno. Algunos rasgaron sus vestidos.

Yo huí.

Recuerdo poco de lo que sentí ese día que no fuera huir de la ira en el interior del templo. Jesús se fue con sus discípulos. Parte de mí quería seguir; la parte práctica me detuvo. Me dije que no tenía alternativa. Lo que Jesús me pedía deshonraría a mi padre. Yo sabía que él nunca pidió lo mismo a los demás. ¿Por qué demandó tanto de mí?

Sus palabras eran como una espada de dos filos que atravesaba las mentiras que yo creía acerca de mí. Yo no era el hombre de Dios que creía ser.

Entonces Jesús se volvió y me miró. Por el momento más simple me topé con esa firme mirada y vi la invitación. ¿Quería yo volver a entrar al templo a mis oraciones y a mi tranquila meditación, haciendo caso omiso a todo lo que pasaba a mi alrededor? ¿O quería seguir a un hombre que miraba dentro de mí y veía los secretos ocultos de mi corazón? Un camino no requería nada; el otro lo requería todo.

Negué con la cabeza. Él esperó. Retrocedí. Vi cómo los ojos se le llenaban de tristeza antes de alejarse.

Ahora siento esa tristeza. Hoy la entiendo más que antes.

La próxima vez que vi a Jesús, él colgaba en una cruz entre dos ladrones en el Gólgota. Por encima de su cabeza colgaba un letrero escrito en hebreo, latín y griego: «Jesús de Nazaret, rey de los judíos».

No puedo explicar lo que sentí al ver a Jesús fuera de la puerta de la ciudad, clavado a una cruz romana. Hombres que yo conocía le lanzaban insultos. Aun en estos momentos en que sufría y moría, ellos no tenían piedad. Sentí ira, desilusión, alivio, vergüenza. Me justifiqué. Parecía que después de todo yo no le había dado la espalda a Dios. Había rechazado a un falso profeta. ¿O no?

¿Qué dice eso de mí? Me creía un joven justo que siempre luchaba para agradar y servir a Dios. Jesús me desenmascaró como un farsante. Hoy, años después, aun me vuelve la vergüenza. ¡Tal era mi arrogancia! ¡Tal era mi testaruda ceguera a la verdad! Igualmente me avergonzaba de los líderes religiosos. Hombres que respetaba, y hasta veneraba, permanecían al pie de la cruz, sonriendo, insultando, burlándose de Jesús mientras él moría. No sentían piedad, no mostraban misericordia. Ni siquiera el llanto de la madre de Jesús o de las mujeres que estaban con ella lograba despertar compasión en ellos.

Entre ellos estaba el rabino a quien yo seguí por mucho tiempo. Me hicieron recordar a buitres desgarrando un animal moribundo.

¿Me iría a comportar como uno de ellos?

¿Y dónde estaban los discípulos de Jesús? ¿Dónde estaban los hombres que habían vivido con él durante los últimos tres años, que habían dejado sus hogares y sus sustentos para seguirlo? ¿Dónde se encontraban aquellos que habían estado a lo largo del camino agitando hojas de palmeras y entonando alabanzas cuando Jesús entró a Jerusalén? ¿Había ocurrido esto menos de una semana atrás?

Recuerdo que pensé: *¿Fue culpa de este pobre carpintero que esperáramos demasiado de él?* Al darles a elegir entre un insurrecto como Barrabás y un hombre que hablaba de la paz con Dios, el pueblo pidió a gritos la libertad de aquel que mataba romanos.

Nicodemo estaba en la puerta, las lágrimas le corrían por el rostro, entrándole en la barba. Él se balanceaba de un lado a otro con las manos cruzadas y profundamente metidas en las mangas, orando. Me acerqué al antiguo amigo de mi padre, asustado al verlo en tal angustia.

—¿Puedo ayudarle en algo?

—Agradece que tu padre no vivió para ver este día, Silas. ¡Ellos no escucharían! Salieron a hacer lo que querían. Un juicio ilegal durante la noche, falsas acusaciones, falsos testigos; han condenado a un hombre inocente. Dios, perdónanos.

—Usted es un hombre sincero, Nicodemo —dije, creyendo absolverlo—. Es Roma quien crucifica a Jesús.

—Todos lo crucificamos, Silas —cuestionó Nicodemo levantando la mirada hacia Jesús—. Las Escrituras se están cumpliendo incluso mientras nos paramos aquí observando morir a Jesús.

Dejé en su dolor al amigo de mi padre. Sus palabras me asustaron.

Celebré la Pascua como lo requería la Ley, pero no sentí gozo al revivir la liberación de Israel de la esclavitud egipcia. Las palabras de Jesús seguían llegándome: «Dichosos los pobres en espíritu, porque el reino de los cielos les pertenece».

Dios había hecho que la muerte pasara sobre su pueblo en Israel. Si Jesús era el Mesías, como una vez creí y Nicodemo aún creía, ¿qué venganza tomaría Dios contra nosotros? ¿Qué esperanza teníamos de la intervención divina?

Esa noche soñé con Jesús. Le volví a ver los ojos, mirándome, esperando como hizo ese día al salir del templo. Cuando desperté, la ciudad estaba oscura y en silencio. El corazón me latía fuertemente. Sentí algo en la atmósfera.

«Yo soy el camino, la verdad y la vida», había dicho Jesús. ¿Proclamación de Dios o palabras de un demente? Yo ya no lo sabía.

El camino estaba perdido, la verdad acallada, y la esperanza de vida que Jesús ofrecía estaba tan muerta como él.

Parecía el final de todo.

—HAS trabajado duro por mucho tiempo, Silas —expresó Epeneto de pie en la entrada—. Cuando te pedimos que escribieras tu historia no pretendimos que te convirtieras en esclavo de esa tarea.

Silas puso el carrizo en el portaplumas y sopló sobre las últimas letras que había escrito.

—He estado perdido en el pasado.

—¿Ha sido un viaje reconfortante?

—No del todo —admitió enrollando con cuidado el pergamino.

Tenía los músculos agarrotados y le dolía la espalda. Se enderezó mientras se levantaba.

—Yo estaba sordo y ciego.

—Y Jesús te dio orejas para oír y ojos para ver. Ven, amigo mío. Demos una vuelta por el jardín.

El calor del sol disipó la tensión en los hombros de Silas, quien llenó los pulmones con el aire marino. Alrededor del jardín revoloteaban pájaros, y se oía el batir de alas desde perchas ocultas. Silas se sentía seguro aquí, a miles de kilómetros de Roma, el coliseo. Allí la turba enloquecida gritaba, pero sin embargo no tan lejos como para escapar de los recuerdos de lo que sucedió en ese lugar.

—¿Dónde estás en tu narración?

—En la muerte de Jesús.

—Daría todo lo que tengo por verle el rostro, aunque sea por un instante.

Silas se estremeció por dentro, pensando en los años que perdió durante los cuales pudo haber estado con Jesús.

—¿Qué es lo que más recuerdas acerca de Jesús?

—Sus ojos. Cuando me miró supe que veía todo.

Epeneto esperó que Silas dijera más, pero este no tenía intención de satisfacer la curiosidad del romano respecto de lo que significaba *todo*.

—¿Echas de menos a Jerusalén, Silas?

Esa era una pregunta bastante fácil de responder.

—A veces. No como es ahora. Como fue antes.

¿Aun era cierto eso? ¿Extrañaba la época antes de que viniera Cristo? No. Echaba de menos la *nueva* Jerusalén, la que Jesús traería al final de los tiempos.

—¿Todavía tienes familia allí?

—No lazos de sangre, pero aún podría haber allí hermanas y hermanos cristianos.

Quizás algunos permanecían firmemente enraizados, como hisopo en los muros de piedra de la ciudad. Silas esperaba eso, ya que oraba constantemente porque su pueblo se arrepintiera y aceptara al Mesías.

—No sé si queda alguien o no. Solo espero. Han pasado años desde que caminé por Judea.

*Ojalá el Señor llame siempre a alguien a predicar allí, a mantener la puerta abierta para que su pueblo entre al redil.*

—Tal vez tú vuelvas.

—Preferiría que Dios me llamara a la Jerusalén celestial —comentó Silas sonriendo sombríamente.

—Lo hará. Algún día. Todos oramos porque tu tiempo no sea pronto.

Silas deseaba que algunas oraciones no se expresaran.

—Si me hubiera quedado en Roma, podría estar allá ahora.

Quizás debió haberse quedado.

—Dios te quería aquí, Silas.

—Los pergaminos son preciosos. Es necesario protegerlos —comentó Silas, después hizo una pausa ante una fuente, tranquilizándose ante el sonido del agua—. Yo debería estar haciendo copias de los pergaminos, no poniendo por escrito mis sufrimientos.

—Necesitamos el testimonio de hombres como tú, que caminaron con Jesús, que oyeron su enseñanza, que presenciaron los milagros.

—No lo hice. Te lo dije. Mi fe vino después.

—Pero estuviste allí.

—En Judea. En Jerusalén. Una vez en Galilea. En el templo.

—Escribe lo que recuerdes.

—Recuerdo tristezas. Recuerdo el gozo de ver a Cristo resucitado. Recuerdo que desaparecieron mi vergüenza y mi culpa. Recuerdo haber recibido el Espíritu Santo. Recuerdo a hombres que sirvieron a Cristo y que murieron por eso. Tantos que perdí la cuenta. Mis amigos más cercanos están con el Señor, y siento...

Silas apretó y desapretó las manos.

—¿Envidia?

Él dejó salir una bocanada de aire.

—Tú ves muy claramente, Epeneto —expresó Silas, y deseó también poder hacerlo, porque se sintió perdido en el fango de sus propias emociones—. Me encuentro muy lleno de *sentimientos*, y temo no reflejar el Espíritu de Dios.

—Eres un hombre, no Dios.

—Una pronta excusa que no puedo aceptar. Pedro colgó boca abajo sobre una cruz, muriendo de dolor, ¡y sin embargo oró por quienes lo clavaron allí! Oró por cada persona en ese coliseo. Pronunció las mismas palabras que oró nuestro Señor: «Padre, perdónalos». Perdonar a toda la condenada masa de humanidad. ¿Y por qué oro yo? ¡Por juicio! ¡Por su aniquilación! ¡Me hubiera regocijado ver a todos los romanos consumidos por el fuego de Roma, y a Roma misma convertida en cenizas!

Silas sintió el silencio de Epeneto, y creyó entenderlo.

—¿Me quieres sin embargo bajo tu techo?

—Por mis venas corre sangre romana. ¿Oras ahora porque Dios me juzgue?

—No lo sé —contestó Silas con los ojos cerrados.

—Una respuesta sincera, y no te echaré por ello. Silas, yo experimenté la misma clase de amargura cuando varios de mis amigos fueron asesinados en Jerusalén por mano de zelotes. Odié a todo judío a la vista y me vengué siempre que pude. No sé a cuántos de tu pueblo maté o arresté. Y entonces conocí un muchacho. Como de la edad de Curiatus. Este tenía más sabiduría que cualquier hombre que hubiera conocido alguna vez —sonrió suavemente—. Dijo que conocía al Dios de toda la creación, y que ese mismo Dios también quería conocerme. Fue la primera vez que oí hablar de Jesús. El milagro ocurrió cuando escuché.

—Fuiste más sabio que yo.

—Finalmente llegaste a la fe. Eso es lo que importa.

—¿Cuándo estuviste en Judea?

—Hace años —contestó parpadeando—. ¡Qué nación! La intriga y el salvajismo no están limitados a Roma, amigo mío. Los hombres son iguales en todas partes.

—Algunos hombres nunca cambian. Después de todos estos años descubro mi fe tan débil como en las primeras semanas después de que Jesús subiera a los cielos.

—Sufres porque lo amas, Silas. Amas a su pueblo. El amor trae sufrimiento. Dios te ayudará a encontrar tu camino.

Macombo llegó hasta donde ellos.

—Los hermanos y las hermanas están comenzando a llegar.

Silas se unió a ellos en oración y en cánticos de alabanza a Jesús. Cerró los ojos y se cubrió el rostro mientras Patrobas leía la carta de Pedro. Nadie le pidió que dijera algo. Hasta Curiatus permaneció en silencio, aunque se sentó cerca de Silas. Diana también estaba allí. Silas pensó en Pedro y su esposa. Ellos bromeaban mutuamente con la familiaridad de pasar muchos años juntos ricos en amor.

Diana le sonrió, y el corazón de él se aceleró.

Silas antes había sentido euforia; y esta cada vez tuvo que ver con Jesús.

Miró a Epeneto que hablaba con Macombo, y a Urbano que reía con Patrobas. Estas persona le recordaban de manera penetrante a aquellos que conoció en el aposento alto en Jerusalén muchos años atrás: hombres, mujeres, esclavos, libres, ricos, pobres. Jesús los juntó a todos e hizo de ellos una familia. Uno en Cristo, un cuerpo, un Espíritu.

Se redujeron un poco las tinieblas que Silas sentía que lo presionaban, y obtuvo una percepción de la confianza que había perdido. No confianza en sí mismo sino en Aquel que lo salvó.

---

AHORA RÍO *cuando pienso en eso. ¿Cómo podría expresar el gozo que sentí el día en que vi a Jesús vivo otra vez? Él me miró con amor, ¡no con condenación! Un amigo mío sabía dónde estaban escondidos los discípulos, y fuimos a contarles las buenas nuevas. Los dos temblábamos de agotamiento y entusiasmo en el momento en que tocamos en la puerta del aposento alto.*

Oímos voces en el interior, asustadas, discutiendo.

—Déjenlos entrar —dijo finalmente Pedro autoritario.

—¡Déjennos entrar! —suspiró en voz alta mi amigo.

—¿Quién está contigo?

—¡Silas! Un amigo mío. ¡Tenemos noticias de Jesús!

Pedro abrió la puerta. Era evidente que no me recordaba, lo cual me agradó.

—¡Jesús vive! —soltó de pronto mi amigo.

—Acaba de estar aquí.

El corazón se me aceleró cuando entramos. Miré alrededor del salón. Yo quería que Jesús supiera cómo había cambiado mi mente. Ahora haría cualquier cosa que me pidiera.

—¿Dónde está? —pregunté.

—No sabemos. Estuvo aquí durante un rato, y luego desapareció.

—Todos estábamos sentados aquí, de pronto allí estaba él.

—No era un fantasma —aseguré—. Era Jesús. Debemos ir al templo.

—¿Para que nos puedan arrestar? —cuestionó riendo Mateo.

—Yo iré —fui valiente en ese breve instante.

—Caifás y los demás te acallarán —cuestionó Pedro poniendo la mano en mi brazo.

—Quédate con nosotros —expresó Juan.

—Saldremos pronto. Ven con nosotros a Galilea.

Durante meses deseé ser parte de este grupo de hombres escogidos, pero en buena conciencia no podía salir de Jerusalén.

—¡No puedo! —me negué; ¿cómo podría ir, sabiendo que Jesús estaba vivo?—. Otros deben oír las buenas nuevas. Debo decírselo a Nicodemo.

Yo sabía dónde encontrar al viejo amigo de mi padre. Nicodemo me vio llegar, y me recibió en el pórtico. Con un dedo en los labios me llevó a un lado.

—Por tu rostro puedo ver la noticia que traes. Abundan los rumores.

—No es un rumor, Nicodemo.

—El cuerpo de Jesús ha desaparecido. Eso no significa que haya vuelto a vivir.

—Lo he visto con mis propios ojos, Nicodemo. ¡Él está vivo! —le aseguré inclinándome.

Sus ojos brillaron, sin embargo miró alrededor con prudencia.

—Nada cambiará, a menos que Jesús entre al templo y se deje ver en persona.

—¿Cómo puede usted decir eso? Nada volverá a ser lo mismo.

Sus dedos se clavaron en mi brazo mientras me llevaba a las gradas del templo.

—Caifás y algunos otros se reunieron con los guardas romanos que vigilaban la tumba —expresó Nicodemo en voz baja, con la cabeza inclinada—. Les pagaron un gran soborno para que afirmaran que los discípulos de Jesús llegaron durante la noche mientras ellos dormían, y se robaron el cadáver.

—En el momento que Poncio Pilato sepa esto los hará ejecutar por negligencia en el cumplimiento del deber.

—Baja la voz, hijo mío. Los sacerdotes defenderán a los guardas que han acordado ser parte de este plan. Vuelve donde los discípulos de Jesús. Diles lo que Caifás y los demás han hecho. Se proponen extender este rumor rápidamente y tanto como sea posible para desacreditar cualquier afirmación de que Jesús vive. ¡Ve! ¡De prisa! Ellos deben convencer a Jesús que venga al templo y se manifieste en persona.

Le conté a Pedro lo que me dijo Nicodemo, pero él negó con la cabeza.

—Ninguno de ustedes debe cometer la misma equivocación que cometí. Una vez traté de decirle a Jesús lo que debía hacer. Él me llamó Satanás y me dijo que me alejara de él.

—Pero sin duda le clarificaría todas las cosas a Caifás y a los miembros del Consejo si Jesús fuera al templo.

—Oí a Jesús decir que aunque alguien regresara de los muertos, esos hombres no creerían —afirmó Simón el Celote poniéndose de pie—. Si Jesús se parara ante ellos y les mostrara las manos y los pies marcados por los clavos, ¡ellos aún negarían que él sea el Cristo, el Hijo del Dios viviente!

Siete de los discípulos de Jesús se fueron a Galilea.

Pedro me contó después que Jesús hizo una hoguera, coció pescado, y se reunió con siete discípulos en las playas del mar de Galilea. Se apareció a una multitud de quinientos —yo entre ellos— y luego a su hermano Jacobo. Jesús anduvo en la tierra durante cuarenta días y habló con nosotros. No tengo palabras para contarles las muchas cosas que le vi hacer, y lo que dijo. Él nos bendijo, y luego regresó al hogar de donde vino: el cielo.

Vi al Señor llevado a las alturas en una nube. Los discípulos y todo el resto de nosotros nos hubiéramos quedado en ese monte si no hubieran aparecido dos ángeles.

—Este mismo Jesús vendrá otra vez de la misma manera que lo han visto irse.

Ah, cuánto añoro que llegue ese día.

Hoy ya se han ido todos, aquellos amigos a los que tanto quise. De los ciento veinte que nos reunimos en el aposento alto para alabar a Dios y orar, de los ciento veinte que primero recibimos al Espíritu Santo que encendió nuestra fe con fuego y nos envió a proclamar a Jesús, de todos ellos solo quedamos dos: Juan, el último de los doce, cuya fe destella como un faro desde Patmos; y yo, el más indigno.

Cada día miro a lo alto y espero ver a Jesús viniendo en medio de las nubes.

Cada día oro porque sea hoy ese *otra vez*.

# TRES

**DESPUÉS DE QUE JESÚS** *ascendiera a su Padre, quienes lo seguimos nos quedamos en Jerusalén. Los doce —a excepción de Judas el traidor, quien se suicidó— permanecimos en el aposento alto, junto con otros que habían llegado del distrito de Galilea, incluyendo a mi amigo Cleofas. María, la madre de Jesús, y sus hermanos, Jacobo, José, Judas y Simón estaban allí, junto con las hermanas del Señor y sus familias, y también la hermana de María. Nicodemo y José de Arimatea iban y venían. Orábamos constantemente por ellos, porque Caifás se había enterado que ellos bajaron el cuerpo de Jesús, lo ungieron, y lo pusieron en la tumba de José, y ahora los amenazaba con expulsarlos del templo. María Magdalena, Juana, María la madre de Santiago el menor, y Salomé también estaban allí con nosotros, junto con Matías y Barsabás, quienes habían seguido a Jesús desde la época en que Juan lo bautizó en el río Jordán. El Señor escogió a Matías para reemplazar a Judas como uno de los doce.*

Cincuenta días después de que Jesús fuera crucificado, cuarenta y siete después de que resucitara, siete días después de que ascendiera a su Padre en el cielo, en el día de Pentecostés, cuando judíos de todo el imperio se reunían en Jerusalén, entró en la casa una violenta ráfaga de aire como yo nunca había oído antes ni he oído después. Llenó el lugar, y entonces aparecieron lenguas como de fuego sobre cada uno de nosotros. El Espíritu Santo me llenó, y me sentí obligado junto con los demás a correr hacia afuera. ¡Desapareció el miedo a los hombres que nos había angustiado! Nos lanzamos precipitadamente dentro de la muchedumbre, ¡proclamando las buenas nuevas!

Ocurrió un milagro dentro de nosotros. Hablamos en lenguas que no conocíamos. Pedro habló ante la multitud con tal elocuencia y conocimiento de las Escrituras que dejó pasmados a los escribas. ¿Dónde adquirió tal sabiduría un común pescador? Sabemos que vino de Jesús, ¡vertida dentro de él por medio del Espíritu Santo!

Yo tenía un don para los lenguajes, pero ese día hablé a partos, medas, elamitas y mesopotamianos, todas esas eran lenguas desconocidas para mí hasta entonces. Ese día de milagros Cristo habló a todos los hombres a través de nosotros. El Señor se mostró a hombres y mujeres de Capadocia, Ponto, Asia y Frigia. Las buenas nuevas se predicaron a familias de Panfilia, Egipto, Cirene, ¡y tan lejanas como Libia y la misma Roma! Hasta cretenses y árabes oyeron que Jesús era el Salvador, ¡Señor de todos!

Por supuesto, algunos no entendieron. Se burlaron, oyendo solo parloteos y algarabías. Sus mentes estaban cerradas y sombrías, sus corazones endurecidos a la verdad. Pero miles oyeron, y tres mil hombres aceptaron a Jesús como Salvador y Señor. ¡En un día, nuestro pequeño grupo de ciento veinte creyentes aumentó a más de tres mil! Desde entonces me he preguntado: ¿Fue una lengua la que todos hablamos? ¿El lenguaje que todos los hombres conocían antes de la torre de Babel? ¿El lenguaje que todos los creyentes hablarán un día en el cielo? No lo sé.

Al terminar Pentecostés, aunque no queríamos apartarnos unos de otros, la mayoría fue a casa, llevando con ellos el conocimiento de que Jesucristo es la resurrección y la vida, el Señor de toda la creación. Más tarde, cuando comenzaron mis viajes con Pedro y Pablo, encontramos a aquellos cuya fe se había arraigado en Pentecostés, y empezamos a crecer en cientos de lugares diferentes.

Los que vivíamos en Judea nos quedamos en Jerusalén. Éramos una familia, y nos reuníamos a oír a los apóstoles que enseñaban todo lo que habían aprendido de Jesús. Juntos compartíamos comidas y orábamos. Ninguno padecía necesidad, porque todos participábamos de lo que teníamos.

El Señor siguió manifestando su poder a través de Pedro, quien sanó a un hombre cojo.

Pedro, quien una vez negó a Cristo tres veces, y se escondió con los demás discípulos por temor de sus vidas, ahora predicaba valientemente en el templo, junto con el joven Juan.

Los saduceos y sacerdotes, guiados por Caifás y Anás, negaron la resurrección, y regaron la mentira de que los apóstoles habían pagado a los guardas romanos para que dijeran esa mentira. Sin embargo, ¿dónde estaba el cuerpo de Jesús? ¿Dónde estaba la prueba? ¡En el cielo!

Se extendió el mensaje, lo que enfureció al consejo judío. El Espíritu Santo se movía como fuego arrasador por las calles de Jerusalén. Pronto dos mil más aceptaron a Jesucristo como el camino, la verdad y la vida.

Rápidamente vino persecución y sufrimiento cuando Caifás y otros de igual opinión trataron de acabar con el fuego de la fe. Nicodemo y José de Arimatea fueron expulsados del consejo judío y rechazados por los líderes religiosos. Pedro y Juan fueron arrestados. Gamaliel, un hombre justo y leal a Dios, habló sabiamente, sugiriendo que el consejo judío esperara y viera si el movimiento moriría solo. «Si es de Dios, no podrán destruirlos, y ustedes se encontrarán luchando contra Dios». El consejo judío ordenó azotar a Pedro y a Juan antes de dejarlos en libertad.

Todos esperábamos que el consejo de Gamaliel influyera en los líderes. Oramos porque se volvieran a Cristo para salvación, y porque se nos unieran en adoración al Mesías por quien durante siglos habíamos pedido en oración su venida.

No fue así. Ellos endurecieron sus corazones contra la prueba, temiendo más perder su poder y prestigio que pasar la eternidad en el sepulcro, alejados de la misericordia de Dios.

En realidad he aprendido con los años que la mayoría de los hombres prefieren rechazar el regalo de salvación por medio de

Cristo, y seguir creyendo que se pueden salvar a sí mismos por sus buenas obras y su observancia de leyes y tradiciones de hombres. Es un milagro que de todos modos algunos se salven.

Nos reuníamos todos los días en el templo. Grupos más pequeños se reunían en casas por toda la ciudad. Los que teníamos medios alojábamos a quienes perdieron sus casas y sus sustentos. Dios proveía. Seguimos enseñando y predicando, a pesar de las amenazas y las palizas.

Todas mis dudas se disiparon al ver a Jesús resucitado; y mis temores se desvanecieron en Pentecostés. Testifiqué el gozo de mi salvación. Cada respiración era una ofrenda de acción de gracias al Señor que me salvó. Dios había enviado a su Hijo, lo había nombrado heredero de todas las cosas, por quien él hizo al mundo. Jesús irradia la propia gloria de Dios, y expresa el mismísimo carácter de Dios. Él sustenta todo por el inmenso poder de su palabra, y ha sido probado por su muerte en la cruz y su resurrección. Nos purifica de nuestros pecados, y ahora se sienta a la mano derecha del Dios todopoderoso. ¡Es Rey de reyes y Señor de señores!

Yo no podía hablar suficiente de Jesús. No podía pasar mucho tiempo en compañía de aquellos que lo amaban como yo. No podía esperar para decirles a las ovejas perdidas: «Jesús es el Cristo de Dios, el Salvador del mundo, el Pastor que los guiará a casa».

◆ ◆ ◆

Tal vez se debió a mi habilidad de escribir que me hicieron miembro del primer consejo de la iglesia, porque no hay duda que no era digno de ser contado entre ellos.

—Yo era su hermano y no lo conocía —me contó Jacobo cuando traté de renunciar—. Me alejé cuando fue crucificado porque me avergoncé de él. Y sin embargo, él vino a mí y me habló después de resucitar.

Jacobo se convirtió en uno de los líderes, junto con Pedro, quien se había transformado en roca inamovible de fe.

Con cada semana que pasaba, más personas creían, y crecía su cantidad. A medida que aumentábamos también aumentaban nuestros problemas. El diablo es astuto; provocar ira era una de sus muchas armas. Surgieron discusiones entre judíos que habían vivido en Judea toda su vida y quienes venían de Grecia. Los doce pasaban la mayor parte de su tiempo sirviendo las mesas y resolviendo disputas, y les quedaba poco tiempo para impartir lo que Jesús les había enseñado. Se agotaron. Se enardecieron los ánimos, incluso entre los doce.

—¡Jesús buscaba soledad para orar! —recordó Mateo—. ¡Necesitaba tiempo para estar a solas con su Padre! ¡Pero no he tenido un momento ni para mí mismo!

—El único tiempo en que estamos solos es en medio de la noche —se quejó Felipe.

—Y para entonces estoy muy cansado para pensar, mucho menos para orar —comentó Juan recostándose.

—El Señor siempre encontró tiempo —remarcó Pedro—. Nosotros también debemos hacerlo.

—¡Estas personas tienen muchas necesidades!

Santiago, Judas y yo habíamos discutido el problema extensamente y orado al respecto. Tratamos de animar y ayudar cuando fuera posible, pero no habíamos encontrado una solución.

—¿Cuánto tiempo podemos soportar toda la carga sin que nos derrumbemos por completo? —declaró alguien entonces—. Hasta Moisés tuvo setenta ayudantes.

Esto me puso a pensar.

—Un hacendado tiene capataces que contratan trabajadores para arar, sembrar semilla y recoger cosechas.

—Si, y un ejército tiene un comandante que da órdenes a sus centuriones, quienes llevan a los soldados a la batalla.

Los doce se apiñaron juntos en oración, y luego reunieron a todos los discípulos. Se escogerían siete hombres entre nosotros para servir las mesas. De ese día en adelante, para el bien de todos, los doce se dedicaron a orar y enseñar la Palabra.

Nuestras reuniones se volvieron pacíficas y llenas de gozo.

Pero afuera, en las calles de la ciudad, empeoraba la persecución. Los líderes religiosos decían que éramos una secta que alejaba al pueblo de la adoración al Señor en su santo templo. Nos reuníamos a diario en los corredores y en ocasiones nos expulsaban. Cuando predicábamos en las calles, nos arrestaban. Esteban, uno de los siete escogidos para servir las mesas, hacía señales y prodigios que llevaban a muchos a creer en Cristo. Miembros de la sinagoga de los Libertos discutían con él. Fracasando en eso, mintieron, y dijeron a los miembros del consejo judío que Esteban decía blasfemias; lo arrestaron y lo llevaron ante el consejo judío. Las palabras de Esteban enfurecieron a los miembros, quienes lo sacaron de la ciudad y lo apedrearon hasta matarlo.

La profunda pena no detuvo la extensión de las buenas nuevas. Aunque los apóstoles se quedaron, la persecución hizo salir de Jerusalén a muchos creyentes, quienes se dispersaron por Judea y Samaria. Como semillas sopladas por el viento, su testimonio por Cristo se plantó en todos los lugares en que se establecían.

El consejo judío trató de reprimir el mensaje, pero el Espíritu Santo ardía dentro de nosotros. Diariamente íbamos al templo, a las sinagogas vecinas, y de casa en casa, enseñando y predicando a Jesús como el Cristo. Felipe fue a Samaria. Cuando supimos de la cantidad de personas que llegaron a creer en Cristo, Pedro y Juan fueron a ayudar.

No sentí que Dios me llamara a salir de Jerusalén, ni siquiera cuando me arrastraron de mi cama al caer la noche y me golpearon tan gravemente que necesité varios meses para sanar.

—¡Blasfemas contra Dios diciendo que Jesús de Nazaret es el Mesías! —exclamaban seis fariseos mientras rompían utensilios, destrozaban cortinas, cortaban colchones y derramaban aceite sobre alfombras persas, al mismo tiempo que me acusaban, me golpeaban y me pateaban.

—¡Deberíamos quemar este lugar para que no se puedan volver a reunir aquí!

—Si prenden fuego a esta casa, se podría extender a la calle y más allá.

—Si predicas una palabra más acerca de ese falso mesías, blasfemo, te mataré.

Anhelé tener la fe de Esteban y pedir el perdón de Dios para ellos, pero no tuve aliento para hablar. Lo único que pude hacer fue mirar hacia arriba al rostro de mi agresor.

Yo lo había visto en el templo entre los estudiantes de Gamaliel. Todos llegamos a tener terror al nombre Saulo de Tarso.

◆ ◆ ◆

En los meses siguientes, durante mi convalecencia, sirviendo con plumas de junco y tinta, oí hablar de la conversión de Saulo. Di poco crédito a los rumores; porque yo había visto su rostro tan lleno de odio que me pareció grotesco. Yo había sentido sus talones en mi costado.

—Oí que Pablo tuvo un encuentro con Jesús en el camino a Damasco.

De inmediato pensé en mi propia experiencia, pero desdeñé la idea. Otros dijeron que Saulo estaba ciego. Algunos dijeron que permanecía en Damasco con un hombre que aceptó a Cristo como Mesías durante el Pentecostés.

Sabíamos que Saulo había ido al norte hacia Damasco con cartas del consejo judío en que le daban autoridad para encontrar a todos los que pertenecían al Camino, y llevarlos presos para juzgarlos de regreso en Jerusalén. Nicodemo y José de Arimatea nos dijeron que Saulo había estado con los hombres que mataron a Esteban. Les escribí cartas para advertirles del peligro y para que confiaran en que Dios protegería a los suyos.

Oímos que el gran perseguidor se había bautizado. Vino un informe de que Saulo estaba proclamando a Jesús como el Cristo en las sinagogas de Damasco. Otros reportaron que Saulo el fariseo se había ido a Arabia. Nadie pudo decir por qué.

Los hombres viven con la esperanza de que sus enemigos se arrepientan, y Saulo de Tarso había demostrado la clase de enemigo que era.

Yo dudaba de todos los informes acerca de la transformación de Saulo. Esperaba nunca volver a verle el rostro.

—¡Saulo está en Jerusalén! —me contó José, un levita natural de Chipre.

Todos llamábamos «Bernabé» a José porque constantemente animaba a todos en su fe, aun a quienes se quejaban incesantemente acerca de sus circunstancias.

—A él le gustaría hablar con nosotros —nos dijo.

Ah, Bernabé, el que siempre piensa lo mejor de un hombre. ¡Incluso de un hombre como Saulo de Tarso! Recordé que desde el principio estuve enojado con él. No había olvidado la noche en que ese fariseo entró a mi casa, ni las semanas de dolor que yo había sufrido hasta que sanaran mis costillas.

—No confío en él.

—Los fariseos lo desprecian profundamente, Silas. Él se está ocultando. ¿Sabes que los sacerdotes fueron a Damasco para buscarlo, y cuando lo hallaron lo encontraron predicando en una sinagoga y proclamando que Jesús es el Cristo? Ellos riñeron con él, pero Saulo los desconcertó con pruebas de las Escrituras. Él conoce mejor que nadie la Torá y los Profetas.

Mi obstinación aumentó.

—José, la mejor manera de localizarnos y matarnos a todos es fingir ser uno de los nuestros.

—¿Le guardas rencor por lo que te hizo? —me preguntó Bernabé escudriñándome el rostro con ojos muy parecidos a los de Jesús.

Sus palabras me afligieron profundamente.

—No tengo derecho de juzgar a ningún hombre. Ninguno de nosotros lo tiene —contesté con los dientes apretados; luego solté el cuchillazo—. Pero debemos tener criterio, José. Debemos ver qué fruto produce un árbol.

Bernabé no tenía nada de tonto.

—¿Y cómo podemos ver, a menos que miremos?

—Tú te has reunido con él.

—Sí. Lo he hecho. Me cae bien.

—A ti te cae bien todo el mundo. Si te encontraras con el rey Herodes, te caería bien.

—Tienes miedo de Saulo.

—Sí, temo a ese hombre. ¡Cualquiera en sus cinco sentidos le tendría miedo!

—Te aseguro que estoy en mis cinco sentidos, Silas, y debemos reunirnos con Saulo. Él es un creyente. Más celoso que cualquiera de los que conozco.

—Es verdad, él es celoso. Me consta su celo. ¿Estuviste en Damasco?

—No.

—No soy tan rápido como tú en creer informes de hombres que no conozco. ¿Y si todo es una minuciosa conspiración para dar caza y matar a Pedro y a los demás?

—Jesús habló de no temer a la muerte, Silas. El perfecto amor echa fuera todo temor.

Dulces palabras expresadas de manera suave, pero una lanza para mi corazón.

—Entonces lo sabemos, ¿verdad? Mi amor no es perfecto.

—¿Hay temor, Silas, u odio en el fondo de tus sospechas? —preguntó Bernabé con ojos llenos de compasión.

—Las dos cosas —confesé, confrontado.

—Ora por Saulo, entonces. No puedes odiar a un hombre cuando oras por él.

—Depende de la oración.

Él rió y me dio una palmadita en la espalda.

Se reunió el consejo de la iglesia. Bernabé defendió a Saulo con vehemencia. Sus palabras retaban nuestra fe en Dios. No deberíamos temer al hombre, solo a Dios. Y Dios ya había recibido a Saulo. La prueba estaba en su carácter cambiado, en el poder de sus enseñanzas… ambas cosas evidencias del Espíritu Santo.

Por supuesto, Bernabé se volvió a mí.

—¿Qué crees tú, Silas? ¿Deberíamos confiar en él?

Otra prueba de mi fe. Quise decir que estaba demasiado predispuesto como para dar una opinión. Una salida cobarde. Jesús sabía la verdad, y el Espíritu Santo que moraba dentro de mí no me daría paz hasta que me arrepintiera de mi amargura.

—Confío en ti, Bernabé. Si afirmas que Saulo de Tarso cree que Jesús es el Cristo, entonces así debe ser.

Cuando el hombre que yo esperaba no volver a ver nunca más se paró ante los miembros del consejo de la iglesia, me pregunté si era de verdad su cambio. Ya no vestía las mejores galas de un fariseo, pero sus ojos eran iguales, oscuros y brillantes, y su rostro lleno de tensión. Miró alrededor del salón, directamente a los ojos de cada hombre que lo recibía. Al fijar la mirada en mí, frunció el ceño. Intentaba recordar dónde me había visto antes. Yo me di cuenta qué momento recordó.

Saulo se ruborizó. Me quedé atónito cuando los ojos se le llenaron de lágrimas. Pero me sorprendió aun más.

—Te pido perdón —se disculpó con voz apenada.

Nunca esperé que él hablara de esa noche, y sin duda no aquí entre estos hombres.

Lo que más me convenció fue la mirada avergonzada en sus ojos.

—Debería haberte perdonado hace mucho tiempo —le manifesté, me puse de pie y fui hacia él. Eres bienvenido aquí, Saulo de Tarso.

◆ ◆ ◆

Saulo no se quedó mucho tiempo en Jerusalén. Su celo lo metió en problemas con los judíos de habla griega que no pudieron derrotarlo en debate. Bernabé temía por él.

—¡Ya han tratado de matarte más de una vez! Lo lograrán si te quedas aquí.

—Si muero, es la voluntad de Dios.

Saulo había cambiado en fe, pero no en personalidad.

—¿La voluntad de Dios o nuestra propia obstinación? —pregunté.

—No debemos poner a prueba al Señor —volvió a hablar Bernabé en voz alta.

—Me estás malinterpretando —expresó Saulo con el rostro tenso.

—¿Ah? —cuestioné sosteniéndole la mirada—. ¿Cómo llamas entonces a meter la cabeza dentro de la boca del león?

Parece que siempre pasamos por alto nuestras propias debilidades, y rápidamente señalamos a los demás.

Lo enviamos a Cesarea y lo pusimos en un barco de regreso a Tarso.

Los apóstoles iban y venían, predicando en otras regiones. Los hermanos de Jesús y yo, junto con Prócoro, Nicanor, Timón, Parmenas y Nicolás, nos quedamos en Jerusalén, cuidando el rebaño que Caifás, Anás y los demás estaban decididos a destruir.

Era una lucha diaria, animar a los desanimados, enseñar a los nuevos en la fe, y proveer para aquellos que fueron expulsados de sus casas. Por la gracia de Dios, ninguno pasaba hambre y todos tenían un lugar dónde vivir.

A veces añoro los meses que siguieron a Pentecostés, cuando los cristianos nos reuníamos abiertamente en el templo y en casas por toda la ciudad. Comíamos juntos, cantábamos juntos, y oíamos ansiosamente la enseñanza de los apóstoles. Un gozo desbordante inundaba nuestros corazones. Nuestro amor mutuo era evidente para todo el mundo. ¡Aun quienes no aceptaban a Jesús como Salvador y Señor pensaban bien de nosotros! No así Caifás, por supuesto. Ni los líderes religiosos que veían a Jesús como una amenaza al control sobre el pueblo.

Yo no evitaba el sufrimiento, y tampoco lo buscaba. Había visto a Jesús en la cruz. Lo vi vivo varios días después. No me cabía duda de que se trataba del Hijo de Dios, el Mesías, Salvador y Señor. ¡Si todo Israel lo recibiera!

✦ ✦ ✦

Aun después de varios años, incluso después de que Felipe le hablara de Jesús a un etíope eunuco, no entendíamos por completo que la intención del Señor era que su mensaje fuera para todo hombre y mujer, judío y gentil. Cuando Pedro bautizó a seis romanos en Cesarea, algunos de nosotros discrepamos. ¿Cómo podía un romano panteísta ser aceptable a Dios? Jesús era nuestro Mesías, Aquel que *Israel* había esperado por siglos. Jesús era el Mesías judío.

¡Qué arrogancia!

Cleofas me recordó que yo era romano. Ofendido, le dije que solo fue porque mi padre había comprado la ciudadanía.

—Naciste como romano, Silas. ¿Y qué de Rahab? Ella no era hebrea.

—Llegó a serlo.

Esa era mi línea de razonamiento, al menos por un tiempo. Algunos decían que estos hombres con los que Pedro regresó se tendrían que circuncidar antes de convertirse en cristianos.

Simón el Celote lanzó una mirada a Cornelio, un centurión romano, y le sacó a relucir las raíces de su cabello negro.

—La Ley nos prohíbe asociarnos con extranjeros, Pedro, y sin embargo entraste a la casa de un romano incircunciso y comiste con él y su familia —le señaló—. ¡Sin duda *esta* no es la voluntad del Señor obrando aquí!

Simón miró a Cornelio, quien le devolvió la mirada con tranquila humildad, y la espada aún envainada.

—Tres veces el Señor me dijo: «Lo que Dios ha purificado, tú no lo llames impuro» —expresó Pedro con firmeza.

Todos hablaron a la vez.

—¿Cómo pueden estas personas llegar a formar un cuerpo con nosotros?

—Ellos no saben nada de la Ley, nada de nuestra historia.

—¡Pregunta al romano si sabe qué significa *Mesías!*

—Uno ungido por Dios —contestó Cornelio.

Con Cornelio y su familia habían llegado dos judíos de Cesarea.

—Este hombre es sumamente respetado por los judíos en Cesarea. Es devoto y teme a Dios, él y toda su casa. Ora continuamente y da generosamente a los pobres.

—Les aseguro que ellos entienden tan bien como cualquiera de nosotros aquí.

Pedro contó cómo un ángel había llegado a Cornelio y le dijo que enviara por Pedro, quien se alojaba en Jope.

—En el mismo instante en que el ángel le hablaba a Cornelio, el Señor me mostró una visión. *Tres* veces el Señor me manifestó que yo no siguiera creyendo que un hombre es impuro por lo que come o porque no ha sido circuncidado. Dios no es parcial. Las Escrituras lo confirman. He aquí el gran misterio que se nos ha ocultado por siglos. El Señor le dijo a Abraham que sería bendición para *muchas naciones*. Y esto es lo que el Señor quiso decir. La salvación por medio de Jesucristo es para todos los hombres, en todas partes… para judíos *y* gentiles.

Cleofas me miró y levantó las cejas. Yo conocía las Escrituras, y sentí la convicción del Espíritu Santo.

—¿Por qué deberíamos dudar esto? —preguntó Pedro extendiendo las manos—. Jesús fue a los samaritanos, ¿no fue así? Fue a Decápolis. Le concedió la petición a la mujer fenicia. ¿Por qué debería sorprendernos que el Señor haya enviado el Espíritu Santo a un centurión romano que ha orado y vivido para agradar a Dios?

La red de gracia se había lanzado con más amplitud de lo que imaginábamos.

Pedro salió de Jerusalén y viajó por Judea, Galilea y Samaria. El Señor obraba de modo poderoso a través de él adondequiera que iba. Sanó a un paralítico en Lida, y resucitó de los muertos a una mujer en Jope.

Algunos cristianos se fueron a Fenicia, Chipre y Antioquía para huir de la persecución. Al poco tiempo, creyentes de Chipre y Cirene llegaron a Antioquía y empezaron a predicar a gentiles. Enviamos a Bernabé a investigar. En vez de regresar, él envió cartas. «He presenciado aquí la gracia de Dios». Bernabé se quedó para animar a los nuevos creyentes. «Grandes cantidades están llegando a Cristo. Necesitan enseñanza sana. Me voy a Tarso a buscar a Saulo».

Estos fueron años difíciles de corrupción debido a la sequía. Se perdían cosechas por falta de lluvia. El trigo encareció. Cada vez se hacía más difícil sustentar a los que permanecían en Jerusalén. Nos las arreglamos sin pedir nada a los incrédulos, pero oramos pidiendo sabiduría divina para hacer el mejor uso de nuestros recursos.

Bernabé y Saulo llegaron con una caja llena de monedas de creyentes gentiles.

—Ágabo profetizó que venía una hambruna y que afectará a todo el mundo.

¿Un gentil profetizando? Nos maravillamos.

—Los cristianos en Antioquía enviaron este dinero para ayudar a sus hermanos y hermanas en Judea.

Todos nosotros, judíos y gentiles, estábamos ligados por un amor más allá de nuestro entendimiento.

El hambre llegó durante el reinado de Claudio.

✦ ✦ ✦

Empeoró la persecución.

El rey Herodes Agripa arrestó a varios de los apóstoles. Para agradar a los judíos ordenó matar a espada a Santiago, el hermano de Juan. Cuando arrestaron a Pedro, nos peleamos por información con la esperanza de rescatarlo, pero supimos que lo habían entregado a cuatro escuadrones de guardias y que estaba encadenado en la parte más baja del calabozo debajo del palacio real.

Nos reunimos en secreto en casa de María, desesperados por la preocupación. El hijo de María, Juan Marcos, también se había ido a Antioquía con Bernabé y Saulo. Analizamos toda clase de planes, atrevidos y sin esperanza. Con tantos guardias sabíamos que nadie lograría ni siquiera entrar a la prisión, liberar a Pedro, y sacarlo vivo. Pedro estaba en manos de Dios, y lo único que podíamos hacer era orar. Esto hicimos, hora tras hora, puestos de rodillas. Suplicamos a Dios por la vida de Pedro. Él era como un padre para todos nosotros.

La ciudad se llenó con visitantes para la Pascua. El rey Herodes prometió entregar al más grande discípulo de Jesús, «el fornido pescador»: Pedro. Sabíamos que si Dios no intervenía, Pedro sería crucificado exactamente como lo fue Jesús.

Oramos para que si crucificaban a Pedro, Dios lo resucitara igual que a Jesús. ¿Quién entonces podría negar a Jesús como Mesías, Señor y Salvador del mundo?

Confieso que no tenía esperanza ni siquiera de volver a ver al pescador.

Alguien tocó a la puerta. Quienquiera que fuera, conocía nuestro código. Enviamos a una criada a abrir la puerta, pero ella volvió corriendo.

—Es Pedro.

—Estás loca, Rode.

—Conozco su voz.

—¿Cómo puede él estar en la puerta cuando está encadenado en la cárcel?

Volvieron a tocar, con más firmeza esta vez. Cleofas y yo acudimos. Y allí estaba Pedro, ¡grande y atrevido como siempre! Riendo, abrimos la puerta y hubiéramos gritado a los demás de no haber sido porque él tuvo la capacidad de calmarnos.

—Ellos me estarán buscando.

¡Vaya historia que nos contó!

—Fui despertado bruscamente mientras dormía entre dos guardias. Y allí estaba un ángel del Señor, exactamente en mi celda. Todo estaba iluminado. Las cadenas cayeron de mis manos y se abrió la puerta. Y yo simplemente me quedé allí sentado.

Pedro rió.

—¡El ángel debió ordenarme que me levantara! «¡Date prisa! —me dijo—. Échate la capa encima y sígueme». Así lo hice. Ningún guardia nos vio al pasar. ¡Ninguno! El ángel me llevó hasta la puerta.

Pedro abrió los brazos de par en par.

—¡Y la puerta se abrió sola! Caminamos por una calle y luego el ángel desapareció. ¡Creí que estaba soñando!

El apóstol volvió a reír.

Todos reímos.

—Si tú estás soñando, ¡también nosotros!

—Debemos decir a los demás que estás a salvo, Pedro.

—Más tarde —opiné—. Primero debemos sacarlo de Jerusalén antes que Herodes envíe soldados a buscarlo.

Herodes buscó a Pedro, pero cuando no lo pudo encontrar hizo crucificar a los dos guardias en lugar del apóstol acusándolos de negligencia en el cumplimiento del deber, y dejó que sus cuerpos se descompusieran en el Gólgota.

Juan Marcos regresó a Jerusalén, y María vino a hablar conmigo. El esposo de ella y mi padre se habían conocido.

—Juan Marcos está avergonzado, Silas. Se siente como un cobarde. No me quiere contar lo que sucedió en Perge. Tal vez desee hablar contigo.

Al llegar yo a la casa, él no me podía mirar a los ojos.

—Mi madre te pidió que vinieras, ¿verdad?

—Ella creyó que podría ser más fácil para ti hablar conmigo.

Él se sostuvo la cabeza.

—Creí poder hacerlo, y no pude. Soy tan cobarde ahora como lo fui la noche en que arrestaron a Jesús —confesó, y levantó la mirada—. Esa noche huí. ¿Lo sabías? Un tipo me agarró, y luché tan duro que se me rompió la túnica. Y corrí. Me mantuve corriendo.

Juan ocultó la cabeza en las manos.

—Creo que todavía estoy corriendo.

—Todo el mundo abandonó a Jesús, Marcos. Yo lo rechacé, ¿recuerdas? No fue sino hasta que lo vi otra vez vivo que lo reconocí.

—¡Tú no entiendes! Esa era mi oportunidad de probar mi amor por Jesús, y fallé. Pablo quería seguir. Le dije a Bernabé que ya había sido suficiente. Pablo me asustó de muerte. Yo quería volver a casa. No soy muy hombre, ¿verdad?

—¿Quién es Pablo?

—Saulo de Tarso. Está usando su nombre griego para que ellos lo escuchen —informó Marcos levantándose y andando de un lado al otro—. ¡Él ya no le teme a nadie! Cuando estábamos en Pafos el gobernador, Sergio Pablo, tenía un hechicero, un judío llamado Elimas. El gobernador le hacía caso, y nos causó toda clase de problemas. Creí que nos arrestarían y nos meterían en la cárcel. Yo me quise ir, pero Pablo no me quiso oír. Él dijo que debíamos regresar. No escucharía razones.

—¿Qué sucedió?

—¡Pablo dijo que Elimas era un fraude! Lo era, por supuesto, ¿pero decir eso allí en la corte del gobernador? Y no se detuvo allí. Dijo que Elimas estaba lleno de engaño y que era hijo del diablo. Y allí estaba Elimas, lanzándonos maldiciones, y el rostro de Sergio Pablo enrojecía cada vez más.

Marcos siguió caminando de un lado al otro.

—Sergio Pablo señaló a los guardias, y pensé: *Se acabó todo. Aquí es donde muero*. Y allí está Pablo, señalando a Elimas y diciéndole que la mano del Señor estaba sobre él y que quedaría ciego. Y de pronto se quedó ciego. Los guardias se alejaron de nosotros. Elimas andaba por todas partes suplicando ayuda con las manos extendidas.

Juan Marcos hizo una pausa.

—El gobernador se puso tan pálido que creí que se iba a morir. Pero luego escuchó a Pablo. Estaba demasiado temeroso como para no escuchar —siguió diciendo, y levantó los brazos en frustración—. Hasta ordenó un banquete, y Pablo y Bernabé pasaron toda la noche hablándole acerca de Jesús y de cómo podía ser salvo de sus pecados. ¡Pero lo único que yo quería hacer era salir de allí y venir a casa!

—¿Creyó Sergio Pablo?

—No lo sé —contestó Marcos encogiendo los hombros—. Estaba asombrado. Si eso significa que creyó, solo el Señor lo sabe.

Juan Marcos resopló.

—Tal vez creyó que Pablo era mejor mago que Elimas.

—¿Cómo llegaste a casa?

Él se sentó y volvió a encorvar los hombros.

—Nos hicimos a la mar desde Pafos. Cuando llegamos a Perge le pedí a Bernabé suficiente dinero para irme a casa. Él trató de convencerme de que no me fuera...

—¿Y Pablo?

—Él solo me miró —afirmó Juan Marcos con los ojos llenos de lágrimas—. Cree que no tengo fe.

—¿Dijo eso?

—¡No tenía que decirlo, Silas! —expresó, cruzó los brazos y las rodillas, e inclinó la cabeza—. ¡Tengo fe!

Sacudió los hombros.

—¡La tengo! —exclamó, levantó la mirada, furioso en defensa propia—. Solo que no de la clase de fe para hacer lo que él hace. No puedo debatir en las sinagogas ni hablar a multitudes de gente que nunca he visto. Pablo habla con soltura el griego igual que tú, pero yo titubeo cuando las personas empiezan a hacer preguntas. No logro pensar con bastante rapidez para recitar las profecías en hebreo, ¡mucho menos en otra lengua!

Se veía abatido.

—Entonces después pienso en todas las cosas que pude haber dicho, cosas que debería haber dicho. Pero es demasiado tarde.

—Existen otras maneras de servir al Señor, Marcos.

—Dime algo que yo pueda hacer, ¡algo que sea determinante para alguien!

—Pasaste tres años siguiendo a Jesús y los discípulos. Estuviste en el jardín de Getsemaní la noche en que Jesús fue arrestado. Escribe lo que viste y oíste.

Le puse una mano en el hombro.

—Te puedes sentar y pensar acerca de todo eso, luego escribirlo. Dile a todo el mundo lo que Jesús hacía por la gente, los milagros que viste suceder.

—Tú eres el escritor.

—Tú estuviste allí. Yo no. El relato de lo que presenciaste animará a otros a creer la verdad: que Jesús es el Señor. Él es Dios con nosotros.

Juan Marcos se puso nostálgico.

—Jesús dijo que no vino para que le sirvan, sino para servir y para dar su vida en rescate por muchos.

El semblante del joven se transformaba cuando hablaba de Jesús. Se regocijaba con el conocimiento de primera mano que tenía del Señor. Nadie dudaría nunca del amor de Juan Marcos por Jesús, ni de la paz que recibió por medio de su relación con él.

—Escribe lo que sabes para que otros también puedan llegar a conocer a Jesús.

—Puedo hacer eso, Silas, pero también quiero hacer lo otro. Ya no quiero huir y ocultarme. Anhelo hablarle a la gente acerca de Jesús, a personas que ni siquiera imaginaron la clase de Dios que él es. Simplemente no me siento… preparado.

Yo sabía que en algún momento Marcos se pararía firme ante multitudes y con audacia hablaría de Jesús como Señor y Salvador de todos. Y se lo dije. Dios usaría el corazón de su ansioso siervo. Marcos había pasado su vida en sinagogas y a los pies de rabinos, igual que yo. Pero su entrenamiento no se había extendido a los mercados ni había llegado hasta Cesarea y más allá.

—Marcos, si deseas salir a predicar entre los gentiles debes hacer más que hablar el lenguaje de ellos. Debes aprender a *pensar* en griego. Este debe volverse tan natural para ti como el arameo y el hebreo.

—¿Puedes ayudarme?

—De hoy en adelante hablaremos griego entre nosotros.

Y así lo hicimos, aunque su madre hacía muecas cada vez que oía a su hijo hablar el lenguaje de paganos incircuncisos.

—Lo sé; lo sé —afirmó ella después de cuestionar mi sabiduría en el asunto—. Si ellos entienden quién es Jesús, y lo aceptan como Salvador y Señor, entonces ya no serán *goyim*, o animales; serán cristianos.

A veces surgen antiguos prejuicios para retar nuestra fe en la enseñanza de Jesús.

Juan Marcos se nos unió.

—A los ojos de Caifás y los suyos, madre, somos tan *goyim* como los griegos y los romanos.

—Estabas escuchando en la puerta.

—Tu voz se transporta. Lo viejo ya pasó, madre. Los cristianos no tienen barreras de raza, cultura o clase entre ellos.

—Sé que todo está en mi cabeza, pero a veces mi corazón es lento para comprender —admitió ella levantándose y poniendo las manos en los hombros de Juan, quien se inclinó para recibirle el beso—. Ve con mi bendición.

María se despidió de los dos con la mano.

Pablo y Bernabé escribieron cartas desde Antioquía de Pisidia, donde predicaban en las sinagogas. Algunos judíos escuchaban y creían; muchos no. Unos cuantos incitaron a influyentes mujeres religiosas y líderes de la ciudad, y provocaron un disturbio. Pablo y Bernabé fueron echados de la población.

«A todas partes que vamos nos siguen ciertos judíos, decididos a impedir que prediquemos en las sinagogas a Cristo como el Mesías».

Incluso cuando fueron a Iconio y predicaron a los gentiles, estos enemigos vinieron a envenenar mentes contra el mensaje. Como siempre, Pablo se mantuvo en su opinión. «Nos quedaremos aquí hasta que Dios lo permita, y predicaremos a Cristo crucificado, enterrado y resucitado».

Se quedaron bastante tiempo en Iconio, hasta que judíos y gentiles hicieron causa común en una conspiración para apedrear a Pablo. Escaparon a Listra y luego a Derbe. Siguieron predicando a pesar de los riesgos. En Listra sanaron a un hombre lisiado de nacimiento, y los griegos creyeron que eran dioses. Pablo y Bernabé trataron de contener a la multitud para que no los adoraran, y los judíos de Antioquía aprovecharon la oportunidad para volver la multitud contra ellos.

Bernabé escribió: «Los judíos de Antioquía apedrearon a Pablo y lo sacaron a rastras de la ciudad, creyéndolo muerto. Todos salimos y nos reunimos alrededor de él y oramos. Cuando el Señor lo levantó, desapareció nuestro temor y nuestra desesperación. Ni judíos ni gentiles se atrevieron a tocar a Pablo cuando regresamos a la ciudad. ¡El Señor se ha glorificado! Algunos amigos atendieron las heridas de Pablo, y luego viajamos a Derbe y predicamos allí antes de volver a Listra para fortalecer a los creyentes, reconocer ancianos, y animar a nuestros hermanos y nuestras hermanas a permanecer firmes en su fe cuando llegue la persecución».

Llegó otra carta de Panfilia. Ellos predicaron en Perge y Atalía. Otros también escribieron. «Pablo y Bernabé regresaron por barco a Antioquía de Siria...»

Los informes nos animaban en Jerusalén.

Pero surgieron problemas. Al irse los discípulos entraron falsas enseñanzas. Cuando Pablo y Bernabé regresaron a Antioquía descubrieron el problema que amenazaba la fe tanto de judíos como de gentiles. Vinieron a Jerusalén para discutir el asunto que ya causaba disensión entre judíos y gentiles.

—Algunos judíos cristianos están enseñando que se exige la circuncisión de los gentiles para la salvación.

Todos los miembros del consejo de la iglesia en Jerusalén eran judíos de nacimiento y habían seguido la Ley toda la vida. Todos habían sido circuncidados ocho días después de nacer. Todos habían vivido bajo el sistema expiatorio establecido por Dios. Aun a la luz de Cristo crucificado y resucitado era difícil despojarse de las leyes en las que nos habíamos criado.

—¡Esta es una señal del pacto!

—¡El antiguo pacto! —discutió Pablo—. Somos salvos por gracia. Si exigimos a estos gentiles que se circunciden estaremos volviendo a la Ley que nunca hemos podido cumplir. ¡Cristo nos liberó de ese peso!

Ninguno de nosotros en el consejo de la iglesia podía presumir de la herencia de Pablo. Judío de nacimiento, hijo de la tribu de Benjamín, fariseo y alumno famoso de Gamaliel, había vivido en estricta obediencia a la ley de nuestros padres, su celo probado en su brutal persecución a nosotros ante Jesús lo confrontó en el camino a Damasco. Sin embargo, aquí Pablo se levantaba, ¡debatiendo ferozmente *en contra de* poner el yugo de la Ley sobre los gentiles cristianos!

—Es falsa enseñanza, ¡mis hermanos! El Espíritu Santo ya se ha manifestado en la fe de estos gentiles. ¡No olviden a Cornelio!

Todos miraron a Pedro, quien asentía pensativamente.

Pablo y Bernabé informaron señales y maravillas que ocurrieron entre los griegos en Listra, Derbe e Iconio.

—Sin duda estos acontecimientos son prueba suficiente de que Dios los acepta como hijos suyos —continuó Pablo con más pasión—. Dios los acepta. ¿Cómo podemos nosotros pensar siquiera en volver a la Ley de la que Cristo nos liberó? ¡Esto no puede ser!

Pedimos a Pablo y Bernabé que salieran para que pudiéramos orar por el asunto y discutirlo más. Los ojos de Pablo centelleaban, pero no habló más. Después me dijo que quería discutir más el caso, pero sabía que el Señor lo estaba entrenando en paciencia. Cómo me reí por eso.

Ese no era para nosotros un asunto fácil de decidir. Todos éramos judíos con la Ley de Moisés incrustada en nuestras mentes desde la infancia. Pero Pedro habló por todos al manifestar:

—Todos somos salvos del mismo modo, por la inmerecida gracia del Señor Jesús.

Sin embargo, allí había otras preocupaciones que era necesario enfocar, razones de por qué se debía dar alguna instrucción a estos nuevos cristianos gentiles para que no fueran atraídos fácilmente a la adoración licenciosa de su cultura. Yo había viajado más ampliamente que la mayoría de quienes estaban en el consejo de la iglesia, y podía hablar de los temas con conocimiento personal. Había visto costumbres paganas, y también las había visto mi padre, quien había viajado por Asia, Tracia, Macedonia y Acaya, y me había contado lo que vio. No podíamos decir que todos éramos salvos por gracia, ¡sin decir más!

Jacobo habló a favor de llegar a un arreglo.

Mientras el consejo analizaba los temas, yo servía de secretario, e hice una lista de los puntos más importantes en que concordábamos. Debíamos asegurar a los cristianos gentiles que la salvación era por medio de la gracia de nuestro Señor Jesús, y animarlos a abstenerse de comer alimentos ofrecidos a ídolos, de participar en inmoralidad sexual, de comer carne de animales estrangulados, y de consumir sangre... cosas que habían practicado mientras adoraban a dioses falsos. Todos estuvieron de acuerdo en que Jacobo y yo deberíamos redactar la carta.

—Alguien debe llevarla al norte de Antioquía para que nadie pueda decir que Pablo o Bernabé la escribieron.

Jacobo era requerido en Jerusalén. Judas (también llamado Barsabás) se ofreció como voluntario, y luego me sugirieron que lo acompañara.

Pedro estuvo de acuerdo.

—Puesto que la carta será escrita por tu mano, Silas, tú deberías ir y dar testimonio de ella. Entonces no habría duda de su origen.

Ah, cómo me palpitaba el corazón de entusiasmo. Y de pavor. Habían pasado más de diez años desde que me aventuré a salir de las fronteras de Judea.

Era el momento de hacerlo.

Cuando me preparaba para el viaje con Judas, Pablo y Bernabé, Juan Marcos llegó a verme. Su griego había mejorado en gran manera, así como su confianza, y él creía firmemente que el Señor lo estaba llamando a volver a Siria y Panfilia. Me pidió que hablara con Pablo a su favor, lo cual estuve dispuesto a hacer.

¡No esperé un rechazo tan firme de un hombre que sostenía la gracia con tanta pasión!

—¡Que se quede en Jerusalén y sirva! Ya una vez fue llamado y le volvió la espalda al Señor.

—Fue llamado, Pablo, pero no estaba totalmente preparado.

—No tenemos tiempo para mimarlo, Silas.

—Él no te está pidiendo que hagas eso.

—¿Cuánto tiempo pasará antes de que vuelva a extrañar a su madre?

El sarcasmo de Pablo hacía daño.

—Él tenía otras razones además de extrañar a su familia, Pablo.

—Ninguna que me convenza que es digno de confianza.

Dejé entonces el tema, decidido a retomarlo al día siguiente cuando Pablo hubiera tenido tiempo de pensar más en el asunto. Bernabé trató de advertirme.

—Es pecado guardar rencor, Bernabé —le contesté.

Somos muy rápidos en ver las faltas en otros, y no vemos las mismas faltas en nosotros.

—Es la determinación de Juan Marcos de extender el mensaje de Cristo lo que lo hace seguir adelante como ningún otro hombre que conozco. Pablo no puede entender a otros hombres que están tan motivados como él.

Haciendo caso omiso del sabio consejo de Bernabé, intenté de nuevo. Creí llegar al meollo del asunto.

—Hablaste con elocuencia de la gracia, Pablo. ¿No le puedes ofrecer nada de esa gracia a Juan Marcos?

—Lo perdoné.

Su tono era irritante.

—Qué amabilidad de tu parte.

Cuán fácilmente olvidamos que la respuesta agresiva solo echa leña al fuego.

Pablo me miró, con ojos sombríos, y ruborizado.

—¡Él nos abandonó en Perge! Puedo perdonarlo, pero no me puedo permitir olvidar su cobardía.

—¡Juan Marcos no es cobarde!

—¡Le tendría más respeto si hablara por sí mismo!

Lo único que hice fue empeorar las cosas.

✦ ✦ ✦

Inmediatamente después de nuestra llegada a Antioquía de Siria leí la carta a la congregación. Los cristianos gentiles quedaron aliviados por las instrucciones del consejo de Jerusalén, mientras algunos cristianos judíos protestaron. Cuando echan raíces las semillas del orgullo, es difícil arrancarlas. Judas y yo nos quedamos para enseñar el mensaje de Cristo de la gracia a todos los que tenían fe en su crucifixión, sepultura y resurrección. Algunos judíos se fueron, en vez de oír más. Seguimos alentando a quienes no se habían dejado engañar por el orgullo de hombres en sus propias buenas obras. Esperábamos fortalecer su fe de tal modo que pudieran permanecer firmes contra la persecución que sabíamos que se acercaba.

A menudo oí predicar a Pablo. Él era un gran orador que presentaba el mensaje con pruebas de las Escrituras. Pasaba con facilidad del griego al arameo. No se dejaba vencer cuando debatía, pero usaba su considerable intelecto para ganar conversos… ¡o para levantar a una turba furiosa! Ningún asunto lo confundía.

Empecé a entender la dificultad de Juan Marcos. Un hombre con la dramática experiencia de conversión de Pablo, sus poderes intelectuales, y su educación, podía hacer sentir al más serio de los cristianos mal preparado para servir a su lado. De no ser por las ventajas que tuve en mi juventud, también me pudo haber intimidado. Yo no temía a Pablo sino a su carácter apasionado, y en muchas ocasiones me molestó su confianza en que siempre tenía la razón. Que *tuviera* la razón hizo que se ganara mi respeto, pero no mi afecto. El afecto fraternal se desarrolló por medio de una relación más prolongada.

Llegó una carta de Jerusalén.

—¿Qué pasa? —preguntó Pablo al verme leer el pergamino.

—No pasa nada —contesté, y lo volví a enrollar, preguntándome por qué me sentía tan desilusionado de que me llamaran a casa—. Nos piden a Judas y a mí que volvamos a Jerusalén.

—Una vez resueltos los asuntos allá, vuelvan a Antioquía.

Su mandato me sorprendió. Habíamos hablado muy poco desde nuestra discusión sobre Juan Marcos. Aunque nos respetábamos, y compartíamos nuestra fe en Jesús, había entre nosotros una barrera que no nos esforzábamos mucho en derribar.

—Eres un excelente maestro, Silas.

Arqueé las cejas ante el halago e incliné la cabeza.

—Igual que tú. Pablo —contesté, y no lo estaba adulando—. Nunca había oído a alguien debatir con tanta perfección el caso de Cristo. Si la fe llegara por medio de la razón, todo el mundo aceptaría a Jesús como Señor.

—¡Debemos hacer como Jesús ordenó! ¡Debemos salir a todas las naciones y hacer discípulos!

—Así lo harán tú y Bernabé —contesté sonriendo levemente—. Y otros.

Me refería a Juan Marcos.

—Tú estás bien capacitado para hacer la obra, Silas. El consejo tiene doce miembros, y ellos pueden atraer a otros que conocieron personalmente a Jesús y que caminaron con él durante los tres años que predicó. Deja que el consejo escoja a alguien que te reemplace.

A un hombre le gusta creer que es indispensable.

—Yo no supondría…

—¿Es suposición preguntar la voluntad de Dios en el asunto? Pude ver eso en tu rostro cuando leías la carta que ahora sostienes. Prefieres la enseñanza a la administración.

—Conozco más de administración que de enseñanza.

—Cuando nos deleitamos en el Señor, él nos concede el deseo de nuestro corazón. Eso dicen las Escrituras. Y tu deseo es salir al mundo y predicar. ¿Puedes negar eso?

—Cada uno de nosotros tiene su lugar en el cuerpo de Cristo, Pablo. Debo servir donde me necesiten.

Empezó a decir más, y luego presionó los labios. Pablo movió la cabeza de lado a lado, extendió las manos y se alejó.

Judas y yo regresamos a Jerusalén y al consejo. Hablé con Juan Marcos y noté su desilusión.

—Iré a Antioquía y hablaré personalmente con Pablo. Quizás después de hablar él vea que he perdido mi timidez.

Creí que esa era una buena idea. El joven era primo de Bernabé, y este animaría a Pablo a darle otra oportunidad. En cuanto a mi deseo de volver a Antioquía, lo dejé en manos del Señor. Estaba consciente que allí había otros que podían viajar con Pablo, hombres más sabios que yo, y que podían tratar con la fuerte personalidad del apóstol. Pero yo quería ir. Él retaba mi fe. Era imposible estar pasivo en su compañía.

Poco después de que Juan Marcos saliera de Jerusalén llegó una carta de Antioquía dirigida a Pedro y Jacobo.

—Silas, Pablo pide que seas liberado del consejo para que puedas viajar con él por Siria y Cilicia. Él quiere visitar las iglesias que inició, y ver cómo les está yendo.

La petición me sorprendió.

—¿Y Bernabé? ¿Se enfermó?

—Él y Juan Marcos se fueron a Chipre.

Me imaginé lo que había sucedido entre Pablo y Bernabé. Pablo no transigió, y Bernabé no podía aplastar el espíritu de su primo. Ni debería hacerlo.

—¿Te habló Pablo al respecto mientras estabas en Antioquía? —me preguntó Pedro mirándome.

—Sí. —contesté, pudiendo sentir las miradas de los demás—. Le dije a Pablo que serviría donde me necesitaran.

—Has estado orando por esto durante algún tiempo, ¿no es verdad? —comentó Jacobo analizando mi rostro.

—Incesantemente.

Los miembros del consejo discutieron el asunto. Algunos no querían que yo me fuera de Jerusalén. Mis habilidades administrativas habían sido útiles en la iglesia. Pero yo sabía que Pablo tenía razón. Otros podrían tomar mi lugar… hombres de firme carácter y de fe, y que se mantendrían firmes a pesar de la persecución.

—Has ido más lejos que cualquier otro aquí, Silas. Serías un buen compañero para Pablo. ¿Sientes que el Señor te está llamando a esta obra?

—Sí.

Yo le había pedido al Señor que me clarificara la oportunidad si esa era su voluntad; la carta de Pablo y la respuesta del consejo eliminaron mis dudas.

Otros asuntos tendrían que esperar hasta que me reuniera con Pablo en Antioquía.

Oramos y echamos suertes. Barsabás resultó elegido para tomar mi lugar. Él era un hombre sincero y un buen trabajador que en muchas ocasiones había demostrado su amor por Jesús y la iglesia.

La mañana siguiente salí para Antioquía.

✦ ✦ ✦

El saludo de Pablo fue frío.

—Lo enviaste, ¿verdad?

No tuve necesidad de preguntar a quién se refería. Su rostro lo decía todo. ¿Sería su enojo tan profundo que nos obstaculizaría trabajar juntos?

—Juan Marcos me dijo que deseaba hablarte. Pensó que una vez que hablara contigo, tú verías que él ya no es tan tímido como antes. Veo que las cosas no salieron bien entre ustedes.

—Muy bien para otros, pero yo no lo quería en este viaje.

Por *otros*, él quiso decir Bernabé.

—¿Por qué no?

—No tengo manera de saber cuánto tiempo estaremos lejos, Silas. Un año por lo menos, tal vez más. No estoy convencido de la dedicación de Juan Marcos.

—Y Bernabé discrepó.

—Fue la primera vez que lo vi enojado. Insistió en que Marcos fuera con nosotros. No quise arriesgarme.

Sonreí levemente.

—¿Cómo sabes que tendré el valor para mantenerme en el recorrido?

Se le movió un músculo cerca del ojo derecho.

—La noche en que eché abajo tu puerta, te habría golpeado, y destrozado todo lo que había a la mano, y no me maldijiste —ni una vez— ni siquiera reclamaste por lo que yo estaba haciendo.

Me miró directo a los ojos.

—Yo quería matarte, pero tu actitud me contuvo la mano.

—*Dios* te contuvo la mano.

—Quisiera que hubiera contenido mi mano en otras ocasiones.

Supe que se refería a su parte en el apedreamiento de Esteban.

—Nuestro pasado es la carga que dejamos en la cruz.

Le conté lo que yo había hecho para que no hubiera secretos entre nosotros.

—Al menos... nunca cometiste asesinato.

Lo menos que pude hacer fue sonreír.

—Puedo ver claramente que eres un hombre ambicioso, Pablo, ¡pero no compitamos sobre quién es el mayor pecador!

Él pareció sorprendido y luego palideció.

—¡No! Todos hemos pecado y no cumplimos con la gloriosa norma de Dios. Esta es la verdad que los hombres deben saber para que entiendan su necesidad de nuestro Salvador, Jesucristo.

La angustiada declaración de Pablo me indicó que el entrenamiento de un fariseo continuaba para probar su fe. Su arrepentimiento era grande. ¿Pero acaso no todos sentimos remordimiento por cosas del pasado... por nuestra ceguera, por los días y años perdidos que no vivimos para Cristo? Debemos recordarnos unos a otros que somos salvos por gracia, no por obras.

—Ya no hay ninguna condenación para los que están unidos a Cristo Jesús.

Pablo necesitaría que le recordaran sus propias palabras... a menudo.

—Dios nos salvó por su gracia cuando creímos. Y no nos podemos enorgullecer por esto; es un regalo de Dios.

El Señor había escogido a este hombre para dar testimonio, y su pasado violento y con pretensiones de superioridad moral era prueba de la capacidad de Dios de transformar a un hombre en una nueva creación y de darle un nuevo rumbo.

—Hemos sido lavados en la sangre de Cristo —declaró con ojos brillantes por las lágrimas.

—Y hemos sido vestidos en su justicia.

—¡Amén! —exclamamos al unísono.

Reímos con el gozo de hombres libres unidos en un propósito común.

—Lo haremos bien juntos, amigo mío —me dijo Pablo agarrándome los brazos.

Sí, lo haríamos, aunque ninguno de los dos aun tenía idea de lo difíciles que serían nuestros días juntos.

# CUATRO

**ANTES** *de comenzar nuestros viajes, Pablo y yo discutimos nuestra estrategia. «Los griegos no saben nada de las Escrituras», informó él, «así que debemos hablarles en un modo que entiendan».*

Mi padre me había dicho lo mismo en varias formas.

—Mi padre insistía en que tengo capacitación en lógica y poesía griega.

Yo debía conocer el modo de pensar de los griegos para sacar lo mejor de ellos.

No deberíamos gravar a las congregaciones en ciernes esperando que nos den sustento. Yo tenía algunos recursos de los cuales depender, pero Pablo insistió en que nos ganaríamos la vida trabajando.

—¿Haciendo qué?

—Vengo de una familia de fabricantes de tiendas. ¿Qué puedes hacer tú?

—Puedo traducir y escribir cartas.

Decidimos permanecer en las principales rutas y centros de comercio para que el mensaje tuviera la mejor oportunidad de ser llevado con más rapidez a través del imperio. Empezaríamos con las sinagogas. Esperábamos ser recibidos allí como viajeros, y que nos dieran alojamiento y la oportunidad de predicar. Acordamos mantener contacto con el consejo de Jerusalén por medio de cartas y mensajeros.

—Aunque los judíos reciban las buenas nuevas, no debemos desatender la predicación a los gentiles en las asambleas.

El mercado era el centro de todas las funciones sociales, políticas y administrativas en cada ciudad desde Jerusalén hasta Roma, y como tal nos ofrecería mayores oportunidades de encontrarnos con hombres y mujeres que no conocían las nuevas que llevábamos.

Una vez hechos nuestros planes, salimos, visitando las iglesias en Siria cuando nos dirigimos al norte. Era una situación difícil. Yo no estaba acostumbrado a viajar a pie. Me dolían todos los músculos del cuerpo, lo que cada día me molestaba más, pero Pablo estaba motivado, y eso a mí me motivaba también. No protesté, ya que los dos creíamos que el tiempo era corto y que Jesús regresaría pronto. Yo sabía que no era tan viejo como para que mi cuerpo no se acostumbrara a las dificultades del viaje. En nuestros corazones llevábamos el mensaje más importante del mundo: el camino de salvación para la humanidad. Las incomodidades no nos retrasarían.

Aunque sí los ladrones.

Fuimos atacados por seis hombres cuando íbamos al norte por los montes Taurus. Cuando nos rodearon me pregunté si Pablo y yo llegaríamos alguna vez a Issus o Tarso. Un ladrón me puso un cuchillo en la garganta mientras otro me esculcaba. Otros dos hurgaron en la ropa de Pablo buscando algo de valor. No me habría sorprendido que él no portara nada. Desde el primer día dijo que confiaríamos en que Dios nos iba a proveer. Personalmente yo no era tan maduro en la fe, aunque había sido creyente más tiempo que Pablo. Yo tenía una bolsa de monedas metida en mi fajín, la que uno de los bandidos encontró casi al instante. Aparte de mi abrigo, un fajín que me regaló mi padre, el cuerno con tinta y el estuche de plumas que contenía juncos, y un pequeño cuchillo que usaba para borrar en el papiro y cortarlo, yo no tenía nada de valor.

—¡Vean esto! —exclamó el ladrón sosteniendo en alto y sacudiendo mi bolsa de dinero. Se la lanzó al líder, quien la abrió y derramó los denarios en la palma de su mano. Sonrió, porque no era una pequeña cantidad, sino la suficiente para mantenernos por varias semanas.

Otro esculcó a Pablo.

—¡Nada! —exclamó, empujando disgustado a mi compañero.

—Tal vez no tenga dinero —afirmó valientemente Pablo—, ¡pero tengo algo de mucho más valor!

—¿Y qué sería eso?

—¡El camino de tu salvación!

Los ladrones soltaron la carcajada. Uno de ellos dio un paso adelante y colocó la hoja del cuchillo en la garganta de Pablo.

—¿Y qué hay de la tuya, tonto?

—Hasta ladrones y asaltantes son bienvenidos en la mesa del Señor, *si* se arrepienten —expresó Pablo exaltado.

Pude ver lo mal que los asaltantes recibieron esa declaración, y oré porque el viaje no terminara con nuestros pescuezos cercenados sobre un polvoriento camino montañoso. Si ese iba a ser nuestro final, decidí no ir en silencio a la tumba.

—Jesús murió por todos nuestros pecados… tanto por los de ustedes como por los míos.

—¿Quién es Jesús?

Les conté todo en resumen, mientras oraba para que mis palabras cayeran como semillas en tierra buena. Quizás sus vidas duras hubieran arado el terreno y lo hubieran alistado para la siembra.

—Lo vi crucificado, y me reuní con él cuatro días después. Él me habló. Partió el pan conmigo. Vi sus manos marcadas por los clavos.

—Jesús me confrontó en el camino a Damasco meses después —añadió Pablo, sin dejarse intimidar por el cuchillo en su garganta; agarró la muñeca del hombre y lo miró—. Si me dejas muerto en este camino, quiero que sepas que te perdono.

Pablo hablaba con tal sinceridad que el hombre simplemente se quedó mirando.

—Le ruego al Señor que no te tenga en cuenta tus pecados —continuó, dejando que el hombre se alejara.

—¡Déjalo ir! —gruñó el líder.

El ladrón retrocedió, confundido.

—¡Toma! —exclamó el líder lanzando la bolsa de monedas. La atrapé contra el pecho.

—¿Qué estás haciendo? —protestaron los demás—. ¡Necesitamos ese dinero!

—¿Y tendríamos a su dios pisándonos los talones? Vendrán otros por este camino.

¿Confiaba yo o no en la provisión de Dios?

—¡Consérvenlo! —ordené, volviéndole a lanzar la bolsa—. Considérenlo un regalo del Señor al que servimos. Mejor aceptarlo que robar a otros y traer más pecado sobre ustedes.

—Deberías tener cuidado con lo que dices —amenazó uno de los ladrones con el cuchillo en alto.

—El Señor ve lo que haces —manifestó Pablo dando un paso adelante, y levantando la mirada hacia el individuo de a caballo—. Estos hombres seguirán tus pasos.

Él se movió inquietamente sobre el caballo y agarró mi bolsa de dinero como una serpiente venenosa.

—La próxima banda estará profundamente desilusionada de cuán poco tienen estos hombres que ofrecer.

De pronto me sentí animado por la preocupación del ladrón por nuestro bienestar. El temor del Señor es el principio del conocimiento. Sin embargo, las siguientes palabras del hombre me llenaron de dudas.

—¡Tráiganlos!

Nos llevaron a los montes. Su campamento me recordó a Engadi, el desierto donde David se ocultó del rey Saúl y su ejército. Agua abundante, precipicios como protección, unas pocas mujeres y niños los saludaron. Yo estaba agotado. Pablo habló toda la noche y bautizó a dos de los asaltantes el tercer día de nuestro cautiverio.

Nos acompañaron hasta el paso montañoso llamado las Puertas Cilicianas.

—Jubal dijo que te diera esto —informó el hombre lanzándome la bolsa de monedas.

Dios nos había llevado sin novedad por las montañas. El valle ciliciano se extendía ante nosotros, exuberante vegetación de las aguas del Cydnus.

✦ ✦ ✦

Nos quedamos con la familia de Pablo en Tarso y predicamos en las sinagogas. Pablo había llegado aquí después de su encuentro con el Señor en el camino a Damasco y había pasado tiempo en soledad antes de empezar a predicar el mensaje de Cristo. Las semillas que él plantó habían enraizado y florecido. Los judíos nos recibieron con alegría.

Seguimos el viaje hacia Derbe, una ciudad en Licaonia, llamada así debido a los enebros que crecían en la región. Otra vez predicamos en las sinagogas, y conocimos a Gayo, quien se convirtió en un buen amigo y, más tarde, en compañero de viaje para Pablo. Gayo conocía bien las Escrituras y aceptó las buenas nuevas antes que nadie más.

Listra me llenó de pavor. La última vez que Pablo predicó en la colonia romana cerca de los agitados montes del sur lo apedrearon.

—Dios me resucitó —comentó Pablo—. Volví a entrar a la ciudad por mis propios pies. Amigos míos allí me curraron las heridas y me ayudaron a escapar con Bernabé.

Pablo rió.

—Imagino que ellos temieron que si me quedaba, mis enemigos *volverían* a matarme.

No creí que fuera algo gracioso. Pero yo estaba curioso. ¿Cuántos hombres habían muerto y vivido otra vez para hablar del asunto? Le pregunté a Pablo qué recordaba, si es que recordaba algo.

—No puedo decir lo que vi. Si mi alma dejó mi cuerpo o si aún estaba en mi cuerpo, no lo sé. Solo Dios sabe lo que sucedió de veras, pero de algún modo quedé atrapado en el tercer cielo.

—¿Viste a Jesús?

—Vi el reino celestial y la tierra y todo debajo de ella.

—¿Te habló el Señor? —presioné, sobrecogido.

—Me dijo lo que ya me había expresado. No puedo describir lo que vi, Silas, pero al regresar estuve en un estado de abatimiento. Eso lo recuerdo muy bien.

Pablo sonrió con nostalgia.

—El único que podría entender lo que sentí es Lázaro —continuó, puso la mano en mi brazo, y su expresión se hizo más intensa—. Es mejor que no hablemos de la experiencia, Silas. Aquellos en Listra saben algo de ella, pero no me atrevo a agregar más.

—¿Por qué no?

Me pareció que su experiencia confirmaba que nuestras vidas continuaban después de que nuestros cuerpos descansaran.

—Es probable que las personas lleguen a interesarse más en reinos celestiales y en ángeles que en tomar una decisión acerca de dónde están con Jesucristo *en esta vida*.

Como ya lo dije, Pablo era mucho más sabio que yo.

Quise averiguar más, y presionarlo por cada cosa que recordara, pero respeté su decisión. Además, yo no quería hacer suposiciones acerca del curso de acción de Pablo con relación a Listra.

—Quienes buscaban tu muerte estarían confundidos si te enfrentaran ahora.

Pablo sería quien iba a decidir si pasábamos por Listra o si nos quedábamos para predicar. Yo sabía que Dios le haría saber su voluntad a Pablo. El hombre no dejaba de pedir guía divina en oración.

—*Estarán* confundidos. Queda por verse si esta vez escucharán y creerán.

Listra es una colonia romana de habla latina en la consolidada provincia de Galacia. Lejana y llena de supersticiones, demostró ser terreno duro para la semilla que llevamos. Pero nuestro tiempo allí produjo algunos brotes tiernos. Conocimos a uno que habría de crecer profundo y firme en la fe; un joven llamado Timoteo. Su madre Eunice, y su abuela Loida, creían en Dios. Su padre, no obstante, era un griego pagano que siguió dedicado a adorar ídolos.

Eunice acudió a mí y me pidió hablar conmigo a solas.

—Temo hablar con Pablo —confesó—. Él es demasiado rudo.

—¿Qué te atribula?

—Mi hijo es muy amado por muchos, Silas, pero como tal vez hayas imaginado, él no es un verdadero judío —manifestó ella, y luego bajó la mirada—. Se lo llevé al rabino a los ocho días de nacido, pero no lo circuncidó a causa de su mezcla de sangre. Además, nunca le han permitido entrar a la sinagoga.

Eunice jugueteó con su manto.

—Yo era joven y testaruda. Me casé con Julio contra la voluntad de mi padre. Me he arrepentido mucho, Silas.

Ella levantó la cabeza, tenía húmedos los ojos.

—Pero nunca me he arrepentido de tener a Timoteo. Él ha sido la mayor bendición en mi vida y en la de mi madre.

—Él es un excelente muchacho.

—Vimos a Pablo la primera vez que vino. Cuando lo apedrearon... —hizo una pausa, y se sujetó con tensión las manos—. Mi hijo no podía hablar de nada más después de la salida de Pablo. Decía que si Pablo volvía alguna vez lo seguiría a cualquier parte. Ahora que Pablo está aquí de nuevo, Timoteo tiene esa esperanza.

Los ojos se le llenaron de lágrimas.

—Pablo es un fariseo, un alumno del gran Gamaliel. ¿Qué dirá cuando Timoteo acuda a él? No puedo soportar ver otra vez abatido a mi hijo, Silas. No puedo.

—No lo estará —le aseguré, poniéndole la mano en el hombro.

Pablo, quien no tenía esposa ni hijos propios, amaba a este joven como a un hijo.

—Su madre y su abuela le han enseñado bien. El joven es rápido de mente y tiene el corazón abierto para el Señor. Mira cómo bebe de la Palabra de Dios, Silas. El Señor lo usará en gran manera.

Concordé, pero estaba preocupado.

—Con el tiempo, Pablo, pero él solo tiene trece años y es reservado por naturaleza.

Mi temor era que Timoteo resultara ser como Juan Marcos, demasiado joven para sacarlo de su familia.

—Él piensa antes de hablar.

—De algún modo es tímido ante una multitud.

—¿Qué mejor manera para él de dejar atrás esas tendencias, que unírsenos en llevar el mensaje a otras ciudades? Aprenderá a ser valiente entre extraños.

Era una lástima que Pablo no hubiera animado así a Juan Marcos, pero no mencioné esto. Ambos jóvenes tenían características similares, aunque Pablo parecía decidido a no notarlo.

—Timoteo se podría volver aun más tímido si lo persiguen.

Lo que Eunice me dijo también pesaba en mi mente, pero yo no sabía cómo decírselo a Pablo sin causarle vergüenza a ella.

Pablo me miró a los ojos.

—Él es más joven que Juan Marcos, pero más firme en su fe.

Ese sarcasmo otra vez. Sentí que se me subía el calor al rostro, y contuve la lengua con dificultad. Cada vez que alguien discutía con Pablo se exponía a sus considerables talentos en debate. En este caso eso solo serviría para echar sal en viejas heridas. Los dos sufriríamos en una discusión sobre Juan Marcos.

—Tal vez soy injusto —comentó Pablo horas después.

*¿Tal vez?*

—Juan Marcos hizo buen uso de su tiempo en Jerusalén.

Pablo no dijo nada por un momento, pero pude ver que lo acosaba nuestra diferencia de opinión.

—Vendrá persecución, sea que Timoteo se quede aquí o que vaya con nosotros —expresó finalmente—. Podría estar más seguro con nosotros que si se queda. Además, aquí ya tenemos líderes, Silas. Timoteo puede ser mucho más útil en otras partes.

Yo estaba consciente de que debía expresar mis demás preocupaciones.

—Como joven excelente que Timoteo es, solo nos causará problemas, Pablo. Tú eras fariseo. Sabes tan bien como yo que ningún judío le escuchará. Por buena que sea aquí su reputación, en otras partes lo verán como un gentil debido a su padre. Timoteo es incircunciso y, por tanto impuro ante los ojos de ellos. Tú y yo concordamos en que debemos reunir gente y hablarles en maneras que entiendan. ¿Cómo puede él ir con nosotros? ¡No lo dejarán entrar a las sinagogas! Sabes tan bien como yo que habrá disturbios si tratamos de que el muchacho entre con nosotros. Las buenas nuevas no se oirán en absoluto con Timoteo como nuestro compañero de viaje. Dejemos que se luzca enseñando aquí a gentiles.

Pablo se mordió el labio, y estrechó los ojos pensando.

—Creo que deberíamos poner el asunto ante Timoteo y ver qué dice al respecto.

—Circuncídenme —contestó Timoteo, presentando la solución—. Entonces nadie puede quejarse de mi presencia en la sinagoga.

El valor del muchacho y su disposición de eliminar cualquier obstáculo sirvieron para ganar todo mi apoyo y que lo lleváramos. Pablo hizo todos los arreglos, y una semana después, al bajar la fiebre de Timoteo y ponerse suficientemente bien para viajar, reunimos a los ancianos de las iglesias de Listra e Iconio. Impusimos manos en Timoteo y oramos porque el Espíritu Santo le diera dones de profecía y liderazgo. Tanto su madre como su abuela lloraban.

Pude ver lo difícil que era esta partida para las dos mujeres. Juntas habían criado a Timoteo para que agradara a Dios, y ahora lo presentaban al Señor como su ofrenda de acción de gracias a Jesucristo. Timoteo había sido el consuelo y el gozo de ellas. El amor de estas mujeres por el Señor y por la Torá había preparado el camino para que todos ellos creyeran las buenas nuevas.

—Dios te enviará adonde él quiera, hijo mío.

Timoteo se paró cuan alto era.

—Díganle a mi padre que seguiré orando por él —anunció con la voz cargada de emoción.

—Como lo haremos nosotros —añadió Eunice poniéndole la mano en la mejilla—. Quizás algún día el amor que te tiene le abra el corazón.

Todos esperamos que así sea. Y oramos.

◆ ◆ ◆

Los tres viajamos de ciudad en ciudad. Pasamos muchas horas junto a hogueras hablando de Jesús. Le conté a Timoteo todo lo que sabía; yo estaba atónito de que los recuerdos de las enseñanzas de Jesús fueran tan claras... prueba de que el Espíritu Santo me refrescaba la mente. Pablo y yo predicábamos dónde y cuándo nos lo permitían. Timoteo también lo hacía, aunque a veces tan tenso y nervioso que se mareaba cuando nos acercábamos a la sinagoga. Lo vi enfermarse muchas veces mientras trabajábamos juntos en Corinto; después le oí decir a Pablo que aun después de años de ministerio Timoteo sufría en gran manera de nervios estomacales. Estoy seguro que mucho de esto se debió a su amor por su rebaño en Éfeso. Timoteo siempre estaba angustiado por las personas a su cuidado, aun por aquellos que eran lobos entre las ovejas.

Pero estoy divagando.

Al principio hacíamos que Timoteo estuviera con nosotros como animador silencioso, hablando solo si se le preguntaba directamente. Cuando departía revelaba la sorprendente sabiduría que Dios le había dado. Él era especialmente útil en alcanzar jóvenes. Mientras los niños se asustaban a veces por la pasión de Pablo, y se desconcertaban por mi solemne carácter, eran atraídos hacia Timoteo. Los muchachos lo veían como valiente y aventurero; a las muchachas les resultaba apuesto. Yo reía al ver cómo lo rodeaban, primero por curiosidad, y después con mucha consideración.

Esto le preocupaba a Pablo.

—No es asunto de risa, Silas. Con tal admiración vienen tentaciones y pecado.

Pablo pasaba gran parte de tiempo instruyendo a Timoteo sobre cómo mantenerse puro y evitar la tentación.

—Piensa en las más jóvenes como si fueran tus hermanas.

—¿Y las mayores?

—¿Mayores? —preguntó Pablo, pálido; luego me miró.

Yo asentí. Había visto a más de una joven acercarse a Timoteo con la clara intención de seducirlo.

—Nunca estés a solas con una mujer, Timoteo. Joven o vieja. La mujer es tentación para el hombre. Trata a las mayores con el respeto que mostrarías por tu madre y tu abuela.

Pablo me volvió a mirar.

—¿Hay algo más que quieras decir?

—No.

Me llevó a un lado.

—Nunca pensé en preguntarte si tenías dificultad con las mujeres.

—Todos los hombres tienen dificultad con las mujeres, Pablo —contesté riendo—. De un modo u otro. Pero asegúrate. Sigo mi propio consejo.

—Es una lástima que él sea tan apuesto.

La belleza del muchacho era un regalo de Dios. Que yo sepa, Timoteo hizo caso a nuestras instrucciones. Nunca he oído que se ponga en tela de juicio su integridad.

SILAS colocó la pluma de junco en su estuche y se sentó a pensar en Diana. Cada vez que ella lo miraba, él sentía que se le cortaba la respiración y se le tensaba el estómago. ¿Se parecía esto a enamorarse de alguien? ¿Cómo podía él amarla después de una relación tan corta? Y el muchacho, Curiatus... sentía simpatía por él, como Pablo la sentía por Timoteo. La mujer y el muchacho hicieron que Silas se preguntara cómo sería estar casado y tener hijos propios, un hijo al cual criar para el Señor.

Muchos de los discípulos tenían esposas e hijos. Los hijos de Pedro estaban en Galilea. Su hija se había casado, tenía hijos, y se había ido con su esposo a otra provincia.

Pablo se había mantenido firme respecto de permanecer soltero, y alentaba a otros a seguir su ejemplo.

—Debemos permanecer como estábamos cuando Dios nos llamó por primera vez. Yo no tenía esposa cuando Jesús me escogió para que fuera su instrumento, y no me casaré. Tú tampoco deberías hacerlo, Silas. Nuestras lealtades no deben estar divididas.

Silas no había estado de acuerdo con él.

—La esposa de Pedro nunca ha sido una distracción del amor que él tiene por Cristo, o de su dedicación de servir al Maestro. Ella participa la fe de él. Recorre los caminos con él. Es un gran consuelo para él cuando está cansado. Y Priscila y Aquila … mira todo lo que han logrado. Están unidos junto con Cristo.

—¡Pedro estaba casado cuando conoció a Jesús! Igual lo estaban Priscila y Aquila.

—Dios había dicho: «No es bueno que el hombre esté solo».

—¿Hay alguna mujer a quien quieras convertir en tu esposa? —preguntó Pablo, mirando exasperado a Silas—. ¿Es ese el punto de esta discusión?

—No —contestó Silas queriendo descargar los puños en frustración.

—¿Por qué entonces estamos discutiendo?

—No todos los hombres están llamados al celibato, Pablo —habló Silas con calma, pero con firmeza—. Tú no te oyes, pero en ocasiones hablas como si el celibato fuera una nueva ley dentro de la iglesia.

Pablo abrió la boca para replicar. Lanzando un gruñido exasperado se puso de pie y salió de la luz de la hoguera. Permaneció en la oscuridad mirando las estrellas en lo alto. Regresó después de un buen rato.

—¿De quiénes estamos hablando?

Silas nombró a dos parejas que le habían llevado al tema.

—Ellos son jóvenes. Sus sentimientos cambiarán.

—¿Si los ponen en sumisión?

Los ojos de Pablo se volvieron a entrecerrar. Silas levantó la cabeza y lo miró con seriedad.

—El tiempo es corto, Silas, y no debemos perder nada de él agradando a otra persona.

—Le diré eso a Timoteo la próxima vez que se esfuerce por cumplir con tus expectativas.

—¡Las Escrituras dicen que un hombre se debería quedar un año en casa y darle placer a su esposa! Yo digo que el tiempo que tenemos lo debemos dedicar a extender las nuevas de Jesucristo.

—Sí. *Tú* dices.

—¡Llevamos el mensaje de vida! ¿Qué es más importante que eso?

—Nada. Pero no debemos portar solos ese mensaje.

—No estamos solos. Viajamos en parejas.

—Y algunas de las parejas podrían ser marido y mujer.

Los ojos de Pablo centellearon.

—El Señor podría regresar mañana, Silas. ¿Deberíamos dedicarnos a algo o alguien que no promueva el mensaje de Cristo?

—Si no amamos a otros, Pablo, ¿qué bien hace toda nuestra excelente predicación?

—Estás hablando de *lujuria*, ¡no de amor!

—¿Es esta discusión acerca de ganar un debate, Pablo, o de las verdaderas luchas de la gente dentro del cuerpo de Cristo? Algunos serán llamados a casarse y tener hijos. ¿Les dirás que no se les permite hacerlo porque *tú* estás llamado al celibato y la dedicación a evangelizar?

—¡No hay tiempo para el matrimonio!

—Por tanto, ahora sabes cuándo regresará Jesús. ¿Es eso lo que estás diciendo? ¡Hasta Jesús dijo que no lo sabía! ¡Solo el Padre lo sabe!

Silas respiró profundamente, comprendiendo que su voz se había alzado en enojo. La ira no lograría nada. Ah, pero Pablo, podía ser muy inflexible, y cruelmente testarudo.

—Tú fuiste llamado por Dios a viajar y predicar, Pablo. Yo fui llamado, últimamente, a acompañarte. Cada uno de nosotros está llamado a distintas tareas y lugares dentro de la sociedad. Tú has predicado eso.

—Todo para edificar el cuerpo…

—Sí. ¡Para edificar! Y si todo el mundo *se niega* a casarse o tener hijos, aunque Dios lo guíe a hacerlo, ¿qué le sucedería a nuestro grupo en una generación?

Pablo retrocedió y frunció el ceño.

Silas extendió las manos.

—Dios hizo el matrimonio, Pablo. El Señor santifica la relación —siguió diciendo Silas, y encogió los hombros—. Quizás el asunto no es si hombres y mujeres se deberían casar, sino cómo se deberían comportar cuando lo hacen. ¿Cómo se debe ver un matrimonio cristiano en el mundo que nos rodea? *Amarse uno al otro*. ¿Qué significa eso en términos distintos al físico? Pedro y su esposa han sido una inspiración para muchos…

Con el paso de los meses discutieron sobre el matrimonio y pidieron guía a Dios en oración sobre qué enseñar al respecto. En todo lugar adonde fueron habían visto la manera en que la pasión sexual desenfrenada podía destruir vidas. Tales pasiones eran la base de la adoración a ídolos.

Silas volvió a agarrar la pluma y la pasó entre los dedos. Al morir su padre no había tenido tiempo de pensar en casarse. La joven que se podría haber convertido en su esposa se la dieron a otro con la aprobación del mismo Silas. La pérdida no le afectó el corazón. Apenas conocía a la muchacha.

Él quería conocer a Diana y, a causa de estos sentimientos, hacía todo lo posible por evitarla.

Pero ella siempre estaba en las reuniones, sentada cerca, atenta. Silas necesitó esfuerzos decididos de su parte para impedir que su mirada se volviera hacia ella. Y hacia su sonrisa…

Silas no podía darse el lujo de pensar en Diana. Esto lo podía llevar a pensamientos de lo que podría haber sido y no podía ser.

Preparando otra cantidad de tinta, Silas dejó a un lado su pergamino y trabajó hasta tarde copiando las cartas de Pedro. Solo entonces se permitió entretenerse otra vez en su pasado.

* * *

**PABLO** *y yo planificamos ir a Asia, pero se nos impidió cuando soldados romanos de infantería nos detuvieron en el camino y nos reclutaron para que lleváramos su equipo. Solo exigieron la distancia que permitía la ley romana. Vimos esto como una oportunidad de hablarles de Jesús y de viajar con ellos todo el camino hasta la frontera de Misia. Oramos respecto de si Dios quería que atravesáramos las montañas dentro de Asia, pero en vez de eso el Espíritu Santo nos envió al norte, y luego al este a lo largo de la frontera de Bitinia y hasta Troas.*

Sabíamos que el Señor nos había llevado allí. Troas es un punto estratégico de reunión de rutas marinas en la costa noroccidental de Asia, al suroeste de la antigua ciudad de Troya. Su posición cercana al estrecho de los Dardanelos había hecho crecer la colonia romana. Los ciudadanos habían hecho fondeaderos, que proporcionaban a los barcos refugio de los vientos del norte. Troas es el puerto principal para atravesar hacia Neápolis en Macedonia, y llegar a la ruta por tierra a Roma. Desde Troas se podrían extender fácilmente las buenas nuevas en todas las direcciones.

En Troas conocimos a Lucas, el médico. Pablo necesitaba ungüento para una infección, y nos recomendaron a Lucas. Qué gran amigo se volvió, no solo para Pablo, Timoteo y yo, sino para los demás hermanos y hermanas. Dejó su profesión para unírsenos en nuestros viajes. Tan pronto como aceptó a Cristo, el Espíritu Santo lo inundó con el propósito de recopilar hechos e información acerca de Jesús: nacimiento, enseñanza, milagros, muerte, sepultura y resurrección. Cuando no estaba ayudando a alguien como médico, se le podía encontrar trabajando duro en recopilar sus informes.

Cuando estuvimos en Éfeso, Lucas habló durante muchas horas con María, la madre de Jesús, y con el apóstol Juan, con quien ella vivía. Conoció a Lázaro y sus hermanas antes de que zarparan para Tarso. En Jerusalén habló con Jacobo y con varios discípulos. Si alguna vez Lucas completa esta historia, la iglesia puede saber que se trata de un relato fidedigno.

Mientras estábamos en Troas, Pablo tuvo una visión.

—Un hombre de Macedonia me rogaba: «Pasa aquí y ayúdanos».

Los cuatro zarpamos para Samotracia y llegamos a Neápolis al día siguiente. Solo nos quedamos el tiempo suficiente para comer y descansar antes de dirigirnos a Filipos.

Todos estábamos entusiasmados por lo que haría el Señor, ya que Filipos, una próspera colonia romana, estaba en la Vía Egnacia, el camino militar que unía a Roma con el oriente. Por esta gran carretera viajaba información de un extremo a otro del imperio. El mensaje viajaría desde Troas por mar; y desde Filipos, por tierra.

Pasamos varios días buscando una sinagoga.

Pablo se consternó.

—Debemos ser los únicos judíos en toda la ciudad.

El único requisito para establecer una sinagoga eran diez hombres que fueran cabezas de sus casas.

El sábado salimos de la ciudad en busca de un lugar de oración bajo el cielo abierto y cerca de un río. Encontramos un sitio apropiado donde el camino atraviesa el río Gangites. Ya se habían reunido allí varias mujeres a orar. Mientras Lucas, Timoteo y yo titubeamos, Pablo fue a la orilla.

—Vamos —nos hizo señas de que lo siguiéramos.

Una de las muchachas siervas miró a Timoteo y le susurró a su amiga, quien sonrió.

Una dama en una excelente túnica con elegante corte púrpura se hizo cargo. Haciendo callar a las muchachas, se puso de pie y lanzó a Pablo una mirada imperiosa.

—Somos judías en busca de un lugar tranquilo para adorar a Dios.

Tomé esas palabras como una súplica para que nos fuéramos. No era fácil quitarse de encima a Pablo.

—Nosotros también somos judíos —le informó Pablo—. Y estos dos son hombres devotos de Dios.

Nos presentó a cada uno de nosotros.

—Les traemos buenas nuevas.

—¿Qué quiere decir por «buenas nuevas»? —preguntó la mujer frunciendo el ceño.

—Somos seguidores del Mesías de Dios, Jesús. Él fue crucificado, sepultado y resucitado de los muertos después de tres días. Este hombre —me señaló— vio a Jesús muchas veces y lo vio ascender al cielo.

—Por favor —pidió ella haciendo un gesto, y sentándose en una costosa manta babilonia—. Únanse a nosotras.

Timoteo y Lucas retrocedieron.

—Ustedes también —afirmó ella sonriendo—. Yo soy Lidia de Tiatira. Soy comerciante en Filipos. Vendo telas de púrpura. Y estas son mis criadas… jóvenes buenas, todas ellas.

Lidia señaló con la mirada a una joven que se había acercado silenciosamente a Timoteo, y dio palmaditas en el lugar a su lado. La muchacha obedeció.

—Háblennos más acerca de este Jesús —pidió Lidia.

Lo hicimos, con gran placer. Ella escuchó atentamente y creyó cada palabra. Igual lo hicieron las muchachas que estaban con ella.

—¿Hay alguna razón por la que no nos podamos bautizar aquí? —quiso saber Lidia—. ¿Hoy mismo?

—¡Ninguna! —contestó Pablo riendo.

Las jóvenes rieron alegremente y chapotearon entre ellas en su euforia, mientras Lidia se ponía de pie en la orilla, empapada y con solemnidad.

—Vengan a mi casa, por favor. Tengo bastante espacio, y se pueden quedar hasta que deseen.

—Agradecemos tu generosa invitación, Lidia, pero no quisiéramos causarte dificultades.

—Tengo una casa *grande*, Pablo.

—Hasta en Macedonia, estoy seguro que los vecinos se podrían preguntar qué hacen cuatro hombres extraños en tu casa.

Lidia rechazó las razones de Pablo agitando una mano.

—Si ustedes están de acuerdo en que soy una verdadera creyente en el Señor, vengan y quédense en mi casa. Mis vecinos me conocen, y me aseguraré que los conozcan pronto a ustedes. Pueden decirles todo lo que me dijeron.

La casa de Lidia era grande en verdad, ella nos trató como invitados de honor. A los pocos días empezamos una pequeña iglesia en su casa. Con frecuencia volvíamos al río a bautizar nuevos creyentes y a predicar a quienes se detenían a observar.

Y entonces comenzaron los problemas, como ocurría a menudo cuando muchos llegaban a Cristo.

Una muchacha esclava empezó a seguirnos un día a la ciudad.

—Estos hombres son siervos del Dios Altísimo, y les anuncian a ustedes el camino de salvación —gritaba a todo el mundo.

Pablo se detuvo y la enfrentó.

—Déjala tranquila, Pablo —anunció Lidia moviendo la cabeza de lado a lado—. Solo traerás problemas sobre todos nosotros si discutes con la muchacha. Ella es una famosa adivina. Sus propietarios están entre los líderes de la ciudad, y ganan grandes cantidades de dinero con sus profecías.

—La muchacha está diciendo la verdad —comenté, mirándola.

—No por amor —contestó Pablo.

Ella llegó hasta la puerta de la ciudad. Su rostro se veía grotesco, y retorcía el cuerpo mientras nos señalaba.

—Estos hombres son siervos del Dios Altísimo…

Unas pocas personas que habían empezado a seguirnos se asustaron al paso de la joven.

Al día siguiente la muchacha nos volvió a seguir. Esta vez salió por las puertas de la ciudad, y permaneció en el camino sobre la margen del río. Pablo trató de predicar, pero ella seguía gritando. Nadie podía concentrarse en nada de lo que Pablo, Timoteo o yo decíamos. Todos se quedaban mirando a esa pobre y desdichada muchacha endemoniada.

Pero cuando trató de seguirnos otra vez quisimos acercarnos y hablar con ella. La joven corrió hacia la casa de uno de sus dueños.

—Tienes que pagar para verla —le informó el guardia a Pablo.

—No vine a oírle su profecía sino a hablar con ella.

—Nadie habla con ella a menos que pague primero al amo.

Analizamos la situación.

—Lo único que podemos hacer es no tenerla en cuenta —manifesté—, y esperar que se canse de esto.

—Y mientras tanto nuestros hermanos y nuestras hermanas no aprenden nada.

—Sigan reuniéndose en mi casa.

—Ya somos demasiados, Lidia. En el río se pueden congregar muchos más.

—Si la confrontas, solo nos traerás problemas.

Cada día desde la mañana hasta la noche la muchacha esclava nos seguía, gritando. Yo veía en su rostro tanto angustia como ira, y me recordó a María Magdalena, de quien Jesús había expulsado siete demonios que la atormentaban. Oré, pero la joven seguía tras nosotros.

Aunque yo me compadecía de la muchacha, Pablo se frustraba cada vez más.

—No se puede lograr nada con todos sus gritos y sus alaridos. ¡El demonio nos impide enseñar e impide que otros oigan la Palabra de Dios!

Cuando la muchacha se acercó más, gritando iracunda, Pablo se volvió hacia ella.

—¡*Silencio*, demonio! —le ordenó, señalándola—. *¡En el nombre de Jesucristo, te ordeno que salgas de ella!*

La joven se detuvo por un momento, con los ojos abiertos de par en par, y luego lanzó un prolongado suspiro. La agarré antes de que cayera. La gente corrió a ver qué había ocurrido, apiñándose cerca.

—¿Está muerta?

—Él la mató.

—Ella está viva —anunció Lucas—. ¡Háganse a un lado para que pueda respirar!

La muchacha despertó, con el rostro tranquilo y maravillada.

—Se ha ido —expresó, su voz era infantil, perpleja, esperanzada.

—Sí —concordé, afirmándola sobre sus pies—. El demonio se ha ido.

—Pero regresará —manifestó ella con los ojos llenos de terror.

Pablo le puso la mano en el hombro.

—No. Si aceptas a Jesús como Señor, él te llenará con el Espíritu Santo, y ningún demonio te volverá a poseer.

—¿Quién es Jesús?

—¡Déjenme pasar! —gritó un hombre en la parte de atrás de la multitud—. ¡Fuera de mi camino!

El tipo presionaba por llegar hasta nosotros. Al mirar el rostro de la muchacha aumentó la inquietud en él.

—¿Qué han hecho ustedes? —preguntó, agarrando a la adivina por el brazo y estrechándola a su lado—. ¿Qué le hicieron?

Todos hablaron a la vez.

—¡Le expulsaron un demonio!

—Este hombre le dijo que se callara.

—Él echó de ella al demonio.

—¡Devuélvaselo! —ordenó el hombre empujando la muchacha hacia Pablo.

—Jesús... —titubeó ella cubriéndose el rostro y sollozando—. Jesús.

—Cállate, jovenzuela. Aún no es el momento —amenazó el hombre, luego miró a Pablo—. Más le vale que haga lo que digo.

—Nunca.

—Usted la ha arruinado, ¡y pagará por eso!

Llegaron otros que afirmaban ser dueños de la adivina, y se unieron en arengar contra Pablo.

—Si no la deja como era, los demandaremos.

—Nuestro sustento depende de ella.

Los hombres nos echaron mano, gritando. Me dieron un puñetazo, me empujaron y perdí el equilibrio. Mientras me arrastraban logré ver a Pablo, que sangraba por la boca.

—¡Váyanse de aquí! —les gritaron a Timoteo y Lucas cuando salieron a defendernos—. ¡No tenemos nada contra ustedes!

Los propietarios de la muchacha nos llevaron a empellones no muy suaves al mercado.

—¡Estos hombres han destruido nuestra propiedad!

Los oficiales trataron de tranquilizar a los hombres, pero ellos se volvieron cada vez más virulentos.

—Llamen al magistrado principal. Él sabe de nuestra muchacha. Ella ha profetizado varias veces para él, a favor de él. ¡Díganle que ya no puede profetizar a causa de lo que le han hecho estos judíos! ¡Él juzgará a nuestro favor!

Cuando llegó el magistrado principal, los hombres gritaron aun más fuerte contra nosotros, añadiendo falsas acusaciones.

—¡Estos hombres son judíos, y están alborotando nuestra ciudad! Tú sabes lo conflictivos que son, ¡y ahora vienen a nuestra ciudad a enseñar costumbres que a los romanos se nos prohíbe admitir o practicar!

—¡Eso no es verdad! —gritó Pablo.

—¡Permítannos declarar nuestras razones! —pedí a gritos, tratando de soltarme de las manos que me agarraban.

Un hombre me golpeó en la sien.

—¡Está prohibido, a los romanos no se les permite participar en ninguna religión que no esté autorizada por el emperador! —gritó el individuo que había venido por la adivina.

—El emperador Claudio ha expulsado a todos los judíos de Roma debido a los problemas que ocasionan...

—¡Ellos hablan en contra de nuestros dioses!

Su odio por nosotros aumentó hasta abarcar a todos los judíos.

—Hablamos únicamente del Señor Jesucristo, Salvador... —gritó Pablo.

—¡Ellos están creando caos!

Los magistrados principales ordenaron azotarnos.

—El Señor nos ha enviado para hablarles de las buenas nuevas... —grité.

Nadie escuchaba.

—¡Muéstrenles lo que les sucede a los judíos que causan conflictos!

Se clavaron manos en mí. Arrastrado, jalado, empujado, con las vestiduras rotas por detrás, me encontré estirado y atado a un poste. El primer latigazo lanzó una descarga de dolor por todo mi cuerpo, y grité.

—El Señor nos ha enviado a contarles las buenas nuevas —logré oír que Pablo decía—. ¡Jesús es el Señor! Él ofrece salvación…

Una lluvia de golpes cayó sobre él.

El segundo y el tercer latigazo me dejaron el cuerpo sin aliento. Arañé el poste, retorciéndome contra las cuerdas que me ataban, pero no desapareció el dolor. Pablo y yo colgábamos uno al lado del otro, y nuestros cuerpos se sacudían con cada latigazo. Abrí la boca todo lo que pude para respirar, y pensé en Jesús colgado en la cruz.

—Padre, perdónalos —había dicho Jesús—. Porque no saben lo que hacen.

Cerré fuertemente los ojos, apreté los dientes, y oré porque se acabaran los azotes.

No sé cuántos latigazos recibimos antes de que el magistrado ordenara desatarnos y meternos en prisión. Pablo estaba inconsciente. Temí que lo hubieran matado. Deseé la muerte. Cada movimiento era como pinchazos de dolor.

Nos llevaron a rastras ante el carcelero.

—¡Custódialos con la mayor seguridad! Si escapan, ¡pagarás con tu vida!

Él ordenó que nos metieran en el calabozo interior. Nos lanzaron sobre la losa fría dentro de una celda y nos sujetaron los pies en el cepo. Me produjo náuseas el repugnante olor a excremento humano, orina, sudor infundido por el miedo, y muerte. Traté de levantarme, pero me volví a desplomar. La espalda me dolía y me ardía. Débil, no me podía mover, y yacía en un charco de mi propia sangre.

Pablo estaba cerca, inmóvil.

—¡Pablo! —grité; él se movió.

Llorando, agradecí a Dios. Estiré la mano y le agarré suavemente la muñeca.

—Ya pasó.

Gimiendo, Pablo inclinó la cabeza hacia mí.

—Hice que te golpearan una vez. Esta podría ser una clase de expiación.

—Quizás, si yo no hubiera recibido el mismo trato —respondí, dándole una sonrisa cargada de dolor—. Además recuerdo que me pateaste tres veces. Nadie usó una vara de madera sobre mí.

—No discutiré contigo.

Lancé una suave sonrisa e hice un gesto de dolor.

—Me consuela.

Respiré profundo con los dientes apretados y me las arreglé para sentarme. Las cadenas tintinearon cuando Pablo hizo lentamente lo mismo. Nos inclinamos hacia adelante, apoyando los brazos en nuestras rodillas levantadas, esperando hasta que el dolor en nuestras espaldas amainara lo suficiente para poder respirar con normalidad.

—Por la gracia de Dios, compartimos el sufrimiento de Cristo —expresó Pablo levantando la cabeza—. Tenemos compañía.

Al mirar a través de los barrotes de nuestra celda vi a otros hombres en el calabozo con nosotros... hombres callados, con mirada sombría, sin esperanza, esperando que terminara su horrible experiencia.

—Hasta en un calabozo, Dios nos da oportunidades —me comentó Pablo sonriendo.

Y se puso a predicar.

—Por la gran misericordia de Dios, él limpió nuestros pecados, dándonos un nuevo nacimiento y nueva vida a través del Espíritu Santo, el cual se derramó generosamente sobre nosotros por medio de Jesucristo, nuestro Salvador.

Consideré un privilegio sufrir por el nombre de Jesucristo, participar de alguna manera en los sufrimientos que mi Señor soportó por mí. Creí un honor sufrir con Pablo.

Entonamos cánticos de liberación en ese sitio lóbrego, y reímos al hacerlo, porque el sonido llenaba ese enorme y grandioso hueco donde moraba el sufrimiento humano. Nos regocijamos en nuestra salvación, en nuestro rescate del pecado y la muerte, y en nuestra seguridad en las promesas de Dios y el cielo. Nuestras voces se elevaron y realzaron, fluyendo a lo largo de los corredores de piedra hasta los guardias. No nos ordenaron callar. Teníamos una congregación en esa cárcel. Encadenados, sí, pero sin la distracción de una muchacha desvariada. Embelesados y entusiastas, los hombres en la celda escuchaban la única esperanza en un infierno viviente en la tierra.

Uno de ellos confesó haber cometido asesinato. Pablo dijo que él también lo había hecho, y contó cómo Dios lo había perdonado, regenerado y puesto en un nuevo sendero.

Otro declaró su inocencia. Una vez yo me había creído inocente y más allá de todo reproche. Le dije que todos los hombres somos pecadores en necesidad de gracia.

Como a la medianoche se produjo un terremoto que sacudió los cimientos de la prisión. Piedras chirriaron contra piedras, y nos rodearon nubes de polvo. Los hombres gritaron de miedo. Las puertas de la cárcel se abrieron de golpe. Las cadenas que rodeaban nuestros tobillos se cayeron como si las abrieran manos invisibles.

—¿Qué está sucediendo? —gritaron los hombres, confundidos, con temor a la esperanza.

—¡Es el Señor que está obrando! —contestó Pablo—. Quédense donde están. ¡Solo confíen en él!

Se acercaron pasos corriendo, y alcancé a ver al carcelero. Este miró desesperadamente alrededor, vio con horror las celdas abiertas, y desenvainó la espada. Cuando se quitó la coraza supimos lo que quería hacer. Morir por su propia espada sería preferible a ser crucificado por negligencia en el cumplimiento del deber. ¡Creyó que todos habíamos escapado!

—¡Detente! —gritó Pablo—. ¡No te mates! ¡No te hagas daño! ¡Nadie se ha ido! ¡Todos estamos aquí!

El carcelero bajó la espada y a gritos pidió una antorcha. Llegaron guardias corriendo a nuestra celda, inundándola con luz de antorchas. El carcelero cayó de rodillas ante nosotros.

—¡Levántate! —le ordenó Pablo—. No somos dioses que debas adorar. Vinimos con un mensaje de salvación.

—Ellos hablan de un dios que murió y resucitó —gritó uno de los prisioneros.

—Y que aun vive —lo secundó otro.

—¡Salgan de aquí! —exclamó el carcelero haciéndoles señas, temblando, con ojos abiertos completamente por el miedo—. ¡Salgan!

Él nos sacó de la cárcel y nos llevó a su casa en las barracas. Pidió agua, ungüento y vendas. Apareció una mujer con varios niños agarrados firmemente de ella. Ella mantuvo el brazo alrededor de los niños mientras hablaba con el carcelero.

—Temo por ti, esposo mío. Los dioses están enojados. ¡Sacudieron los cimientos de nuestra casa!

—Todo está bien ahora, Lavinia. ¡Shh! Estos hombres sirven a un dios de gran poder.

—¡Él es el único Dios —corrigió Pablo—. No existe otro.

—Señores, ¿qué tengo que hacer para ser salvo? —preguntó el carcelero mirándonos.

—Cree en el Señor Jesús —le contestó Pablo—, y serás salvo.

—Junto con toda tu familia —añadí, sonriendo a la mujer y los niños.

—El terremoto que les trajo libertad es prueba del gran poder de Dios —expresó el carcelero agarrando el cuenco de agua de un criado, y limpiándonos las heridas—. Háblenme de este Dios que puede abrir puertas de cárceles y quitar cadenas.

El hombre —cuyo nombre supimos que era Demetrio— y su familia creyeron todo lo que les dijimos. Los bautizamos. ¡Ni siquiera un calabozo podía apagar la luz de Jesucristo!

Se preparó comida, y compartimos el pan.

—¿Cómo puedo regresarlos a la cárcel cuando ustedes nos han traído vida? Enviaré un mensaje a sus amigos. Los sacaré de la ciudad. Ellos pueden salirles al encuentro con provisiones...

Fui tentado por un instante. Menos mal, Pablo rehusó.

—No huiremos. Nosotros obedecemos la ley. Dios nos puede rescatar de las falsas acusaciones que nos llevaron a la cárcel.

Los guardias nos volvieron a llevar a nuestra celda.

Pocas horas después regresó Demetrio.

—Envié a decir a los magistrados lo que sucedió anoche, lo del terremoto. Ellos también lo sintieron. Cuando les hablé de las puertas que se abrieron y de los grilletes que se cayeron, dijeron que los dejara ir. Ustedes son libres para salir de Filipos.

—¿Libres para salir? —pregunté—. ¿U ordenaron que saliéramos?

—Ellos los quieren fuera de la ciudad.

Me llené de desilusión. Habíamos logrado bastante. Pero aún había mucho por hacer. El Señor había salvado a este hombre y su familia, y ahora, sin saberlo, Satanás lo estaba usando para silenciarnos.

—¡No nos vamos! —exclamó Pablo poniendo las manos en las rodillas.

—¡No tienen alternativa!

Afuera esperaban guardias que nos sacarían de la ciudad.

—Nos han azotado públicamente y sin proceso alguno, y nos han echado en la cárcel... y somos ciudadanos romanos. ¿Ahora quieren expulsarnos a escondidas? ¡Nada de eso! Que vengan ellos personalmente a escoltarnos hasta la salida.

—¿Son ustedes romanos? —preguntó Demetrio, pálido—. ¡Debieron haber dicho algo!

—Nunca nos dieron la oportunidad —contesté sonriendo irónicamente.

Demetrio envió el mensaje. Regresó con los oficiales. El hombre que había ordenado azotarnos estaba pálido por temor a las represalias.

—Les pido perdón. De haber sabido que ustedes son ciudadanos romanos no hubiéramos permitido que nadie les ponga las manos encima, ¡mucho menos que los golpeen en el mercado!

—¡Créannos, por favor!

—Ustedes nos juzgaron sin un proceso legal, basados en falsas acusaciones —contraatacó Pablo—. Y ahora nos destierran de Filipos.

—No, no, ¡nos están malinterpretando! —se disculpó el magistrado principal extendiendo las manos—. Crispus, Pontus y los otros influyeron en mí con sus acusaciones. Ellos están furiosos por lo de la muchacha esclava. Y tienen razones. Ahora la joven no vale nada.

Me pregunté qué le ocurriría a la pobre muchacha.

—Si ella no vale nada, dile a sus amos que se la vendan a Lidia, la comerciante que vende telas de púrpura.

Ella liberaría a la muchacha.

—Habrá complicaciones si ustedes se quedan en Filipos —opinó otro.

—No podemos prometer la seguridad de ustedes si permanecen aquí —insistieron.

—Aceptamos sus disculpas —les dijo Pablo.

—Y se irán.

Era claro que querían que nos fuéramos tan pronto como fuera posible.

Pablo asintió. Yo quise discutir, pero él me lanzó una mirada que me silenció.

—Tan pronto como nos reunamos con otros de nuestra fe.

Fuimos a la casa de Lidia, donde encontramos a Lucas y Timoteo. Habían estado orando toda la noche.

—Dios ha contestado sus oraciones —expresé, riendo a pesar del malestar de mis heridas.

Lucas revisó los vendajes.

—Es necesario hacer algo más.

Perdí el conocimiento cuando Lucas agregó sal para evitar la infección.

Pablo despertó antes que yo y pidió que los creyentes se reunieran. Cuando todos llegaron les dimos las instrucciones que pudimos en el poco tiempo que teníamos.

—Estén firmes en el Señor y en su enérgico poder —les recomendó Pablo.

Prometí que les escribiríamos.

Pablo, Lucas, Timoteo y yo salimos de Filipos esa misma tarde.

De todas las iglesias que ayudé a plantar con los años, los creyentes filipenses sufrieron las mayores dificultades. Algunos perdieron sus vidas; muchos, sus hogares y sus negocios. Sin embargo, permanecieron firmes. Aunque empobrecidos por la persecución, Dios los hizo ricos en fe y amor.

Que la gracia de nuestro Señor Jesucristo siga sustentándoles hasta el día en que Jesús regrese.

# CINCO

**ATRAVESAMOS** *Anfípolis y Apolonia y llegamos a Tesalónica. Encontramos una sinagoga y nos quedamos en casa de Jasón, un judío que había aceptado a Cristo en Jerusalén años atrás durante Pentecostés. No quisimos ser una carga para él. Pablo encontró trabajo fabricando tiendas; yo escribía cartas y documentos. Todos los sábados íbamos a la sinagoga y tratábamos de convencer a los judíos. Les mostrábamos pruebas a través de las Escrituras de que Jesús es el Mesías de Dios, el Cristo a quien envió para cumplir la Ley y rescatarnos del pecado y la muerte, pero pocos creyeron.*

La mayor cantidad de nuevos creyentes vino de entre los griegos que temían a Dios, y que seguían las enseñanzas de la Torá. Con celo aceptaron a Cristo y extendieron por toda la ciudad el mensaje acerca de Jesús. Muchos judíos se indignaron cuando aumentó la cantidad de creyentes. Reclutando malhechores callejeros en el ágora, armaron y asaltaron la casa de Jasón, esperando encontrarnos allí a Pablo y a mí. Pablo trabajaba justo fuera de la ciudad, y yo estaba en alguna parte ayudando a un funcionario a escribir una carta. Por tanto, agarraron a Jasón junto con otros y llevaron a estos pobres hombres a rastras ante las autoridades de la ciudad.

¡Ocurrió exactamente lo mismo que en Filipos!

A Jasón y a los demás creyentes que habían agarrado los acusaron de causar caos, cuando eran los filipenses quienes incitaban al desorden en la ciudad. Afirmaron que enseñábamos que Jesús era un rey como César, ¡y que animábamos al pueblo a rebelarse contra Roma!

Encontré amigos de mi padre y me encargué de que se pagara la fianza. Jasón y los demás fueron liberados. Pero el problema estaba lejos de acabarse.

Jasón insistió en que Pablo y yo saliéramos de la ciudad.

—Los judíos están decididos a matar a Pablo. Por ti también sienten un profundo desprecio, Silas, pero te ven como un griego. A Pablo lo ven como un traidor a su raza y un sacerdote de la apostasía. Toda palabra que él pronuncia es blasfemia a oídos de ellos, y no los detendrá nada para matarlo si se queda aquí. Ustedes se deben ir. *¡Ahora mismo!*

—Iré con ustedes —manifestó Timoteo, preparado y listo.

—Tú te quedas aquí con Lucas —se mantuvo firme Pablo a pesar de las súplicas de Timoteo—. Nos veremos después.

Me constaba que Pablo temía por el muchacho y no lo quería poner en peligro, y se lo encomendó a Lucas.

Salimos al amparo de la oscuridad y nos dirigimos a Berea. Allí fuimos directo a la sinagoga. Yo esperaba más problemas, pero en Berea hallamos judíos sin prejuicios y de corazón dispuesto. Escucharon y luego examinaron las Escrituras para ver si era cierto lo que decíamos. El Cuerpo de Cristo creció rápidamente en Berea cuando judíos y griegos destacados, tanto hombres como mujeres, aceptaron a Cristo.

Lucas y Timoteo llegaron, ansiosos de ayudar. Pisándoles los talones llegaron unos líderes judíos tesalonicenses, quienes se sentían ofendidos de nuestra enseñanza. Querían destruir la iglesia.

—Ustedes se deben dirigir al sur —nos dijeron los creyentes de Berea.

—No podemos abandonar estos corderitos, Silas —comentó Pablo, renuente a irse.

Yo temía por la vida de Pablo. Lucas y Timoteo se me unieron en mis esfuerzos de persuadirlo.

—Es obstinación y soberbia lo que trae tras de mí a estos tesalonicenses otra vez —protestó Pablo—. No voy a ceder ante ellos.

—¿No es eso hablar con orgullo, Pablo? —me enfrenté a Pablo con esas duras palabras, pero a veces esa era la única manera de comunicarse con él—. No le des una oportunidad al pecado. Si nos vamos, ellos se dispersarán, creyendo que este rebaño no puede sobrevivir sin un pastor.

—¿Sobrevivirá?

—La semilla ha echado raíces en ellos, Pablo. Conocen la verdad y la verdad los ha hecho libres. El Espíritu Santo y las Escrituras los guiarán. Nos debemos ir tanto por el bien de ellos como por el tuyo.

La despedida más difícil se llevó a cabo en la costa. Solo teníamos dinero para dos pasajes hacia Atenas.

—Has estado enfermo, Pablo. Lucas debe ir contigo.

—Silas, sabes cuánto respeto y amo a Lucas, pero te prefiero a *ti*.

—La herida en tu espalda sigue enconada. Necesitas más un médico que un compañero de trabajo.

—¡Estaré bien!

—Sí, pero con la adecuada atención que Dios quiere que tengas.

—Pero…

—¡No cuestiones! —perdí la paciencia—. Por qué siempre estás discutiendo, ¡aun con aquellos que creen lo mismo que tú! ¡Muérdete ahora la lengua y sube a ese barco!

Pablo rió. Al instante me avergoncé de perder los estribos.

—Hay otras ovejas perdidas, Pablo. Piensa en ellas. Y no olvides que Dios te llamó como su instrumento escogido para llevar su nombre ante los gentiles, reyes y el pueblo de Israel. No puedes quedarte aquí y dejar que te maten. ¡Reyes, Pablo! ¡Eso es lo que el Señor le dijo a Ananías! Tal vez un día hablarás ante César, y Dios mediante, el emperador escuchará. Te debes ir ahora. ¡Eso es lo que Dios quiere!

Pablo lloró.

Yo lo abracé.

—Eres quien predica con muchísima más persuasión entre nosotros —expresé sin adularlo; cuando retrocedí le agarré los brazos—. Tu vida no debe terminar aquí.

—¿Qué será de ti y de Timoteo?

—Volveremos a Berea y viviremos tranquilamente. Enseñaremos y animaremos a nuestros hermanos y hermanas, y más tarde nos uniremos a ti.

Pablo abrazó a Timoteo. El muchacho lloró.

—¡Vamos, Pablo! —instó Lucas—. ¡Debemos irnos!

Agarré firmemente a Timoteo por el hombro mientras los dos hombres abordaban el barco.

—Dios lo cuidará, Timoteo. Nos quedaremos hasta que salgan del puerto. Solo por si nuestro amigo decida saltar del barco.

—Pablo sería capaz de hacerlo —manifestó Timoteo lanzando una ruidosa carcajada—. Se preocupa mucho por mí.

—Debes aprender a estar sin Pablo, Timoteo. Él está llamado a extender las buenas nuevas. Otros somos llamados a quedarnos atrás y enseñar.

—No todavía —expresó mirándome.

—Pronto.

Dios me había dicho eso.

La vida no sería fácil para Pablo.

Ni para quien viajara con él.

✦ ✦ ✦

Mientras esperábamos mensaje de Pablo y Lucas, Timoteo y yo encontramos trabajo para sustentarnos, y nos reuníamos con los creyentes todas las noches. Yo enseñaba; Timoteo alentaba.

Recibíamos frecuentes cartas de Pablo y Lucas acerca de su progreso en Atenas. Nuestro amigo no había ido a esconderse.

«Hablé en las sinagogas, pero los judíos atenienses tienen corazones de piedra. Ahora predico en la plaza pública, donde las personas están más dispuestas a escuchar».

Pero los atenienses le entristecían el espíritu.

«No puedo girar a derecha o izquierda sin encontrarme de frente un ídolo que fomenta el libertinaje y la conducta licenciosa. La gente acude a estos dioses».

Pablo conoció en el mercado a algunos filósofos epicúreos y estoicos.

«Los atenienses ansían las novedades, y el mensaje de Cristo los intriga. Me invitaron a hablar en el Areópago ante el consejo. Fui, orando al Señor que me diera las palabras para alcanzar los corazones de estas personas. Dios contestó mi oración cuando vi un altar con la inscripción: A UN DIOS DESCONOCIDO. Jesús es el Dios desconocido. A excepción de unos pocos, creyeron que yo era un charlatán que proclamaba una extraña deidad. Se rieron cuando les hablé de la resurrección de Jesús. Sin embargo, unos cuantos son salvos. Conocerás a Dionisio cuando vengas. Él es miembro del consejo. Otra creyente es Dámaris, una mujer de buena reputación. Nos reunimos a diario en la casa de Dionisio. Él vive cerca del Areópago».

La siguiente carta venía de Lucas.

«Nos fuimos hacia el sur, a Corinto».

No decía la razón, pero me imagino que los judíos o los miembros del consejo echaron a Pablo otra vez de la ciudad.

«Conocimos una pareja de judíos expulsados de Italia por el edicto del emperador Claudio. Priscila y Aquila son fabricantes de tiendas, e invitaron a Pablo a unírseles en sus negocios. Yo también me estoy quedando con ellos. Pablo está exhausto, pero no puedo impedir que trabaje. Cuando no está cosiendo pieles está en la sinagoga debatiendo con los judíos y los griegos. Necesita ayuda. Yo soy médico, no orador. Vengan tan pronto como puedan. Tenemos gran necesidad tanto de ti como de Timoteo.

Yo había ganado apenas lo suficiente para mi pasaje, pero cuando los de Berea oyeron de la necesidad de Pablo recogieron dinero para comprar el pasaje de Timoteo. El muchacho escribió una hermosa declaración de fe para animarlos. «Si morimos con él, también viviremos con él; si resistimos, también reinaremos con él. Si lo negamos, también él nos negará; si somos infieles, él sigue siendo fiel, ya que no puede negarse a sí mismo». Hice una copia para Pablo.

Más tarde Pablo usó estas mismas palabras para animar a Timoteo cuando este pastoreaba el rebaño en Éfeso, un lugar de prácticas tan malignas que todos creemos que es el trono del mismo Satanás.

Las palabras de Timoteo me animan ahora.

Todos debemos enfrentar persecución debido al mal que tiene atrapado a este mundo. Sin embargo, ¡Jesucristo es Señor! Yo sé esto: ¡Nuestro futuro está asegurado! También sé esto: Cristo reina en nuestros corazones, mentes y almas. Nuestras vidas son testimonios vivos de la verdad de Jesucristo, crucificado, sepultado y resucitado.

Un día Jesús regresará, y habrán terminado las épocas de tribulación.

Ven, Señor Jesús. Ven pronto.

---

—¿NO puedes descansar todavía, Silas?

El corazón del escriba saltó ante el sonido de la voz de Diana. Se volvió y la vio en la entrada.

—¿Qué estás haciendo aquí?

—Epeneto me envió —contestó ella con mirada avergonzada—. No sé por qué pensó que yo te podría hacer salir de esta habitación.

—¿Está Curiatus contigo?

—Está en el jardín.

Silas colocó la pluma de carrizo en su estuche y se levantó.

—¿Estás adolorido? —preguntó ella dando un paso adelante.

—No —contestó Silas, levantando la mano—. Solo entumecido por estar mucho tiempo sentado.

—Estar sentado mucho tiempo no es bueno para nadie, Silas.

La bondad en la voz femenina le hizo palpitar el corazón a Silas, quien buscó un modo de levantar una barrera.

—Estoy viejo.

—No eres más viejo de lo que sería mi esposo si viviera.

La miró entonces. No había nostalgia ni tristeza en su voz.

—¿Cuánto tiempo hace que murió?

—Cinco años.

Se miraron entre sí por largo rato, en silencio. Ella respiró entrecortadamente. Él sintió que el rostro se le acaloraba.

—Lo siento —expresó bruscamente.

Ella le sostuvo la mirada.

Silas tragó saliva y evitó la mirada de Diana.

—Debemos unirnos a los demás.

✦ ✦ ✦

**FUE** *una travesía fácil hasta Atenas, aunque al yo no tener mucho de marinero pasé la mayor parte con la cabeza sobre la borda.*

Conocimos a Priscila y Aquila, de inmediato nos cayeron bien. Ellos habían aceptado a Cristo a pocas horas de reunirse con Pablo en la sinagoga.

—Pablo es muy convincente —comentaron, y resultaron ser buenos amigos para su mentor.

Lucas regresó para escribir su historia y cuidar de los necesitados, en especial de Pablo, quien sufría de dolor crónico. Las palizas le habían afectado el cuerpo, y tenía problemas con la vista. Pablo ya no podía escribir, excepto en letras grandes.

—Necesito un secretario más que nunca —me dijo.

Me sentí honrado de servir en ese cargo.

Timoteo encontró rápidamente un trabajo en Corinto, igual que yo. Hacíamos lo suficiente por sustentarnos y sustentar a Pablo. Esto resultó ser de gran bendición, porque Pablo pudo dedicarse a predicar. Le ayudábamos instruyendo a quienes aceptaban a Cristo.

Llegaron cartas de Tesalónica, llenas de ataques contra la integridad de Pablo y del mensaje que predicábamos. Habían matado a varios hermanos queridos por su fe en Cristo, y ahora sus amigos y parientes cuestionaban las enseñanzas de Pablo. Habían esperado que el Señor viniera antes de que muriera alguien. Unos cuantos sacaron ventaja de la confusión, y declararon a Pablo como mentiroso que solo predicaba por ganancia.

Yo nunca había visto a Pablo tan lastimado por las acusaciones. ¡Cómo sufría! Yo estaba más enojado que Pablo. ¿Quién enseñaba con más riesgo de su vida que Pablo? ¡Nadie!

—¡Eso es obra de Satanás! —exclamó Pablo mientras le bajaban lágrimas por las mejillas.

Me sentí derrotado. ¡Todo nuestro trabajo! ¡Todas nuestras oraciones! ¡Los convertidos olvidaron todas las sanas enseñanzas y escucharon mentiras!

—¡Debemos volver y confrontar a estos falsos maestros antes de que alejen de Cristo a nuestros hermanos y nuestras hermanas.

Me sentí como restos flotantes de un naufragio, llevados de un lado a otro por la marea. Si Pablo quería ir, yo iría. Si Pablo quería quedarse, me quedaría. Yo había hecho este viaje para estar a su lado sin importar el riesgo. Si fuera por mí, ¡podría haber abordado el primer barco que saliera para Cesarea!

Llegamos hasta Atenas y tuvimos que esperar. Pablo volvió a enfermarse. Lo cuidé lo mejor que pude, pero él necesitaba un médico.

—Enviaré a llamar a Lucas.

—¡No! —exclamó Pablo palideciendo, pero tan vehemente como siempre en sus opiniones—. Estaré bien en pocos días. Lucas es necesario donde está. Dios puede sanarme, si lo desea; y si no, entonces esta es una carga que debo llevar.

Partimos de nuevo tan pronto como Pablo estuvo bastante bien, solo para que nos atacaran cerca del puerto y nos despojaran del dinero de nuestros pasajes. Dámaris nos ayudó, pero nos sucedió una cosa tras otra para impedir que fuéramos al norte.

—Tal vez es el Señor quien nos retiene aquí, Pablo —señalé.

—¡Es Satanás quien nos retrasa! —contestó con impaciencia Pablo, aún no recuperado del todo— ¡Ya no podemos esperar más! Alguien debe ir a Tesalónica y decirles la verdad a nuestros hermanos y nuestras hermanas antes de que las mentiras acaben con su fe.

Timoteo se ofreció a ir. Le impusimos manos, lo bendijimos, y lo enviamos; él estaba ansioso de defender a Pablo y explicar de modo más completo la promesa del regreso de Jesús. Admito que temí que la reserva natural del joven lo pudiera hacer ineficaz. A Pablo le preocupaba que mataran al muchacho. Los dos oramos incesantemente.

Esa no fue una época fácil para nosotros.

La salud de Pablo empeoraba, y cayó en depresión.

—Temo que se haya perdido todo por lo que hemos trabajado tan duro.

Lo único que podíamos hacer era orar y confiar en el Señor. ¡La espera fue una prueba más grande que azotes y encarcelamientos!

¡Pero Dios fue fiel!

Timoteo regresó con entusiasmo y buenos informes. Alegres, los tres volvimos a Corinto con la fe renovada y fortalecida. Aunque nuestros espíritus se volvieron a desalentar cuando, tras unas pocas semanas, los judíos corintios se negaron a creer una palabra que Pablo o yo pronunciábamos. No importa cuántas pruebas mostráramos de las Escrituras, ellos endurecieron sus corazones contra Jesús. La última vez que Pablo entró a la sinagoga reventó la tormenta que se avecinaba, y algunos que lo despreciaban lo insultaron de frente y blasfemaron a Jesús.

—¡La sangre de ustedes está sobre sus cabezas! —gritó Pablo y salió de la sinagoga.

Se quedó afuera, sacudiendo las vestiduras en protesta.

—¡Sacudo de mí el polvo de este lugar!

Luego levantó el brazo.

—Tú, tú y tú —señaló a hombres específicos—. Soy inocente. Que la sangre de ustedes caiga sobre sus cabezas, porque han rechazado al Señor Dios. ¡De ahora en adelante iré a predicar a los gentiles!

El vecindario permaneció en tumulto ese día y los días siguientes.

Pablo podría decir que los encomendó a la ira de Dios, pero en realidad el hombre se negó a perder las esperanzas. Ahora me río, porque él se mudó a casa de Ticio Justo, ¡un creyente gentil que vivía al lado de la sinagoga!

No pasaba ni un día en que los judíos no vieran que Pablo recibía visitantes. Crispo, uno de sus líderes, vino a razonar con Pablo. Lejos del influjo y los celos de los demás, Crispo recibió a Cristo. Al poco tiempo trajo a toda su familia para oír acerca de Jesús. Nuestros enemigos rechinaban los dientes y rezongaban a quienes venían. Judíos y gentiles bajo un techo, ¿partiendo juntos el pan? ¿El Cristo de Dios para todos los hombres? Los duros de corazón se negaban a creer.

Pablo recibía constantes amenazas, así como sus amigos, e igual que Timoteo, los demás y yo. Pero los ataques eran mucho más virulentos sobre él. Llegó a asustarse. Estoy convencido de que su temor surgió del agotamiento. Trabajaba constantemente, desde el amanecer hasta mucho después del anochecer. Hasta un hombre de su asombrosa firmeza necesita descansar. Yo sin duda lo hacía. Pero Pablo se sentía obligado a predicar, a contestar toda inquietud con prueba, a volcarse él mismo como una ofrenda líquida. Cuando no estaba predicando, estudiaba los rollos que teníamos, preparándose para la siguiente batalla. Dictaba cartas hasta muy entrada la noche.

A un hombre cansado se le zarandea con más facilidad.

—Estoy asustado —me confesó una noche—. Una cosa es que las personas me ataquen, pero mis amigos...

Los ojos se le llenaron de lágrimas.

—Me asusta lo que mis enemigos harán a continuación, Silas, que puedan lastimar a mis amigos por lo que yo digo.

Yo sabía que Pablo temía por Timoteo, y no sin motivo. Pero el joven estaba tan apasionado por Cristo como su mentor. Timoteo había entregado su vida como sacrificio vivo para el Señor.

—Debes hacer cualquier cosa que el Señor te diga que hagas, Pablo. Si el Señor dice que hables, ya sabes que tienes la bendición de Timoteo, así como la mía.

Ticio Justo se preguntaba si Pablo debía seguir adelante.

—Él tiene una buena razón para estar asustado, Silas —me dijo Ticio, añadiendo que Pablo recibía amenazas cada vez que salía de casa.

El día anterior los judaizantes lo habían acorralado en el mercado, y le dijeron que lo matarían si seguía predicando. Cuando confronté a Pablo respecto de esto, contestó que era cierto.

—Quizás deberíamos volver a movernos. Hemos plantado las semillas. Dios las regará y las hará crecer.

—Será igual adondequiera que yo vaya, Silas —contestó Pablo sonriendo sombríamente—. Lo sabes tan bien como yo.

La tribulación seguía a Pablo de la misma forma que siguió a Jesús.

¿Cuántas veces yo había visto recibir las buenas nuevas con ira y desprecio? La mayoría de las personas no quería oír la verdad, mucho menos aferrarse de ella. Aceptar el regalo de Cristo significa admitir que no nos ha servido de nada aquello en lo que antes basamos nuestras vidas. Significa rendirnos a un poder superior a nosotros. Pocos quieren rendirse a cualquier cosa que no sea su lujuria. Nos aferramos a nuestra vanidad y seguimos luchando por averiguar nuestro camino cuando solo hay un camino.

Alabé a Dios cada vez que vi nacer la verdad en la mirada de alguien, que vi disolverse el velo de las mentiras de Satanás, que vi un corazón de piedra palpitar con nueva vida. El nuevo creyente se paraba en la cima de un monte a mirar la enorme esperanza que yacía ante él: un viaje eterno y de toda una vida con el Señor. Se convertía en un templo vivo en el cual moraba Dios. El renacimiento era un milagro tan grande como cuando Jesús alimentó a miles con solo unos pocos panes y peces, porque era evidencia de que Jesús vivía; sus promesas se estaban cumpliendo a diario.

Pero el temor surge con mucha facilidad.

Decidimos ser cautelosos. Lo creímos prudente, pero en realidad Pablo fue silenciado, igual que yo. Habíamos olvidado que debemos apretar el paso en fe, no sentarnos a esperar que esta creciera en las sombras.

Por la gracia de Dios, Jesús le habló a Pablo en una visión. «¡No tengas miedo; sigue hablando y no te calles!». Jesús dijo que muchas personas en la ciudad ya le pertenecían. ¡Lo único que debíamos hacer era salir y encontrarlas!

Obedecimos. Con tan gran aliento, ¿cómo no podríamos hacerlo?

Hablamos, con fe renovada y celo restaurado.

Por dieciocho meses.

Entonces llegó a Acaya un nuevo gobernador, y todo volvió a cambiar.

Poco después de que Galión ocupara el cargo, los judíos se levantaron contra Pablo, lo llevaron al tribunal y lo acusaron de enseñar a los hombres a adorar a Dios en maneras contrarias a la ley romana. Pero Galión no era como Poncio Pilato, en quien una turba influía fácilmente. Pablo ni siquiera dijo una palabra en su defensa antes de que Galión diera por concluida la sesión.

—Como se trata de cuestiones de palabras, de nombres y de su propia ley, arréglense entre ustedes. No quiero ser juez de tales cosas —expresó Galión, y entonces hizo un gesto con la cabeza y los guardias se movieron y expulsaron a los judíos del tribunal.

Los griegos se abalanzaron sobre Sóstenes, el jefe de la sinagoga, y comenzaron a golpearlo. Galión no le dio ninguna importancia al altercado. Un gentil le dio un golpe con el puño a Sóstenes, y lo pateó frente al tribunal.

Pablo se abrió paso.

—¡Deténganse! —exclamó sin darse cuenta en arameo.

Yo grité en griego y luego en latín. Ellos se retiraron, dejando a Sóstenes medio consciente y sangrando sobre el piso de piedra. Los amigos del rabino desaparecieron. Él se echó hacia atrás lleno de temor, aunque nosotros solo queríamos ayudarlo.

—¡Permítanos ayudarle!

—¿Por qué hacen esto por mí? —preguntó Sóstenes en tono áspero—. Ustedes, de entre todas las personas…

—Porque Jesús lo haría —lo interrumpió Pablo, esforzándose por levantarlo.

Sóstenes dio un traspié, pero evitamos que se cayera. Él lloró todo el camino a casa de Priscila y Aquila. Lucas le vendó las heridas. Enviamos un mensaje a la sinagoga, pero nadie vino por él. Ellos no entrarían a la casa de un gentil.

Cuando a Sóstenes le dio fiebre nos turnamos para cuidarlo. Le hablamos de Jesús.

—Jesús devolvió la vista a los ciegos, y el oído a los sordos. Resucitó al hijo de una viuda y llamó de la tumba a un amigo que había estado sepultado por cuatro días.

Le hablé del juicio de Jesús ante Poncio Pilato, de cómo murió en la cruz durante la Pascua, y cómo resucitó tres días después. Le hablé de mi vida en Jerusalén y Cesarea, y de cómo esta cambió en el camino a Emaús. Pablo le contó que vio a Jesús en el camino a Damasco.

Sóstenes trató de no escuchar al principio. Lloraba y se cubría los oídos. Pero poco a poco puso atención.

—No fueron las palabras de ustedes las que me convencieron —nos confesó—. Fue su amor. Yo era enemigo de ustedes, Pablo; sin embargo, tú y Silas me ayudaron.

Lo bautizamos.

Volvió a la sinagoga, decidido a influir en los otros. No pudo.

—No es por tu mensaje o el mío que los hombres se salvan —le comunicó Pablo cuando regresó a la casa de Ticio—, sino por el poder del Espíritu Santo.

—Ellos son mis amigos —lloró Sóstenes—. Mi familia.

—Sigue amándolos. Y mantente orando.

✦ ✦ ✦

Pocos meses después, Pablo decidió ir a Cencreas y cumplir un voto de acción de gracias al Señor.

—Jesús me ha protegido aquí en Corinto —anunció; el voto requería raparse la cabeza y afeitarse.

—¿Cuánto tiempo estarás en soledad? —le pregunté mientras le ayudaba a prepararse.

—Treinta días.

—¿Volverás aquí, o quieres que nos encontremos allá?

—Tú y Timoteo deben quedarse aquí. Todavía hay mucho trabajo qué hacer. Cuando termine el tiempo del voto, Aquila y Priscila se unirán conmigo y nos embarcaremos hacia Siria.

Me quedé pasmado; y herido.

—¿Me estás diciendo que ya no necesitas mis servicios?

—No me mires de ese modo, Silas —manifestó, haciendo una mueca como si le doliera—. Debo ir adonde el Señor me guíe, incluso si esto significa que debo dejar atrás a amigos amados.

Pablo salió al día siguiente. La despedida fue especialmente difícil para Timoteo, a quien Pablo ordenó que se quedara conmigo en Corinto.

La iglesia se reunía en casa de Cloé. Y qué iglesia era, formada de ladrones, borrachos, adoradores de ídolos y adúlteros, todos reformados. Ellos acudieron en masa a Cristo, quien los limpió y los volvió como bebés recién nacidos. Rechazaron sus costumbres anteriores de promiscuidad, homosexualidad y libertinaje, y se dedicaron a Cristo, llevando vidas santas que agradaban al Señor. Se convirtieron en testimonio vivo y milagroso del poder de Dios para cambiar hombres y mujeres desde el interior.

Apolos, un judío natural de Alejandría, llegó con una carta de Priscila y Aquila. Ellos nos lo recomendaron y nos pidieron que lo recibiéramos. Así lo hicimos, y Apolos resultó ser un orador tan fabuloso como Pablo, y refutaba a los judíos con las Escrituras.

La iglesia en Corinto estaba firmemente establecida, y continuaba creciendo.

Cuando Pablo escribió que deseaba visitar las iglesias que habíamos plantado en Frigia y Galacia, creí que era tiempo de unírmele. Estéfanas, Fortunato y Acaico resultaron ser líderes muy hábiles, junto con Sóstenes. Enviamos aviso de nuestros planes, pero cuando llegamos a Éfeso, allí no estaba Pablo sino Priscila y Aquila, quienes nos recibieron.

—Él se fue a Jerusalén, para la Pascua.

La noticia me preocupó.

—¡Debí haber venido antes y disuadirlo! ¡El consejo judío buscará cualquier oportunidad de matarlo!

—¿Por qué no nos esperó? —preguntó Timoteo profundamente desilusionado.

—Todos intentamos disuadirlo, Silas, pero sabes cómo es Pablo cuando está decidido a hacer algo. No hay modo de detenerlo.

Cuando me contaron que Pablo había dejado sus libros y sus documentos supe que mi amigo estaba muy consciente de lo que le esperaba en Jerusalén.

—Pablo preferiría correr hacia la muerte que dejar a los judíos en la oscuridad.

Pensé en ir tras él, pero después de mucha oración supe que Dios me quería en Éfeso.

Timoteo aún no estaba listo para quedarse solo.

✦ ✦ ✦

«Lugar de desembarco» es un nombre apropiado para Éfeso. Es la intersección entre el camino costero que lleva a Troas, hacia el norte, y la ruta occidental hacia Colosas, Laodicea y más allá. Barcos de todo el imperio romano entraban y salían de su puerto. Con su espléndido camino alineado con columnas de mármol, su teatro, sus baños, su biblioteca, su ágora, y sus calles pavimentadas, Éfeso no tiene nada que envidiarle a la grandiosidad de Roma y su infame libertinaje. La ciudad es guardiana de los templos a las tres diosas, cada una honrada por un enorme templo. Sin embargo, el templo de Artemisa es el que predomina. Cuatro veces más grande que el Partenón en Atenas, atrae miles de devotos cada año, ansiosos de participar en la más depravada adoración que el hombre crea. A esto se agregan los barcos que llegan a diario, descargando jaulas de animales salvajes de África y gladiadores para los juegos.

Éfeso fue para mí un gran sufrimiento. Adonde miraba veía asombrosa belleza, y sabía que albergaba horroroso pecado. Añoré la religiosidad de Jerusalén, la lucha de los hombres por seguir leyes morales, la soledad de la actividad espiritual.

Priscila y Aquila, ya establecidos como fabricantes de tiendas, reunían creyentes en su hogar. Nutrían y enseñaban a nuevos convertidos. Timoteo y yo predicábamos en el ágora. A su regreso, Apolos predicaba con la lógica de un romano y la poesía de un griego. Se reunían multitudes para oírlo hablar, y a través de sus enseñanzas muchos llegaron a la fe en el Señor.

Timoteo maduraba como maestro. Algunos dudaban de él a causa de su juventud, pero él era maduro en el Señor y estaba listo para el liderazgo. Gayo lo ayudó mucho. Erasto también resultó muy útil. Él había sido *edil* en Corinto, y usó sus dones administrativos para ayudar a la iglesia en Corinto. A nadie le faltaba el sustento.

Éramos un grupo heterogéneo, muy parecido a nuestros hermanos y nuestras hermanas en Corinto. Idólatras, fornicarios, adúlteros, homosexuales, estafadores y borrachos arrepentidos... ahora todos llevaban vidas irreprensibles, de ayuda mutua. Rápidamente vi más milagros en Éfeso de los que vi en Israel durante esos tres años en que Jesús ministró. El Señor estaba vivo, y su Espíritu se movía poderosamente en medio de la hermosa y horrible Éfeso.

Cuando recibí una carta del consejo en que me pedían que regresara a Jerusalén, supe que era hora de renunciar y de poner a Timoteo en el liderazgo.

Aunque Timoteo tenía plena confianza en el Señor, en sí mismo confiaba poco.

—No estoy listo, Silas.

Pero los efesios no eran fáciles de guiar, y siempre había lobos que trataban de atacar el rebaño.

—Estás listo, Timoteo. Tienes la disposición y el conocimiento. Cada uno de nosotros tiene diferente llamado. Me debo ir. Tú debes quedarte.

—¿Pero puedo hacerlo?

—Dios te ha equipado para la obra —lo aconsejé como pude—. Recuerda: podemos pedirle sabiduría al Señor, y él la dará sin reprendernos por pedirla. Pero ten la seguridad que tu fe esté solo en el Señor cuando le pidas sabiduría. No flaquees, Timoteo. Y no trates de hacer las cosas por tu cuenta. Confía en que Jesús te muestre el camino correcto. ¡Luego síguelo! Cuando él te dé palabras para hablar, exprésalas. Haz eso y Dios hará su obra aquí en Éfeso.

Timoteo tenía buenos amigos en quienes apoyarse —Priscila y Aquila, Apolos, Gayo— todos siervos dedicados del Señor. Partí con el corazón apenado, pero con la total confianza en que el Señor usaría poderosamente a Timoteo para fortalecer a la iglesia en Éfeso.

Ahora han pasado años en que no he visto a Timoteo, aunque hemos intercambiado cartas. Su corazón no es menos humilde, aunque el Señor lo ha fortalecido con los años, y ha enviado a otros para animarlo, incluyendo a Juan, el apóstol, y con él a María, la madre de Jesús.

María está ahora con el Señor, pero Juan está vivo.

✦ ✦ ✦

El tiempo tiene una manera de atacar mientras envejecemos. No logro recordar cuándo sucedieron algunas cosas, o cómo, o en qué secuencia ocurrieron los hechos.

Aún no había llegado el momento en que Pablo se iría de este mundo. Después de una breve estadía en Jerusalén regresó a

Antioquía, donde informó de su viaje. Luego volvió a Éfeso. Para entonces yo estaba otra vez en Jerusalén. Pero al saberlo, supe que Timoteo estaría muy aliviado de tener otra vez a su mentor a su lado, y que todos estarían más fortalecidos por la instrucción y el ejemplo de Pablo.

Lucas permaneció en compañía de Pablo y me escribía a menudo. El Señor le dio a Pablo un poder milagroso, el cual alejó a muchos de la adoración a falsos dioses. Quienes hacían ídolos causaron disturbios. Temiendo que asesinaran a Pablo, la iglesia lo envió a Filipos. Timoteo fue con él, pero poco después regresó.

Después de eso otros viajaron con Pablo. Algunos cayeron en agotamiento. Otros no pudieron llevarse bien con él. Pablo se mantenía en camino. Él era el hombre más dedicado que conocí. Una vez me dijo: «La fe es una carrera, y debemos correrla con todas nuestras fuerzas». Imagino que él ahora está usando la corona de laureles.

Lo extraño.

Si me hubiera quedado con Pablo, mi sufrimiento podría haber acabado ahora. Pero el sendero que el Señor ha dispuesto ante mí es más largo y más serpenteante de lo que alguna vez imaginé.

Igual que muchos otros, yo creía que Jesús iba a regresar en pocos días o pocas semanas. Luego creímos que nuestro Señor volvería en pocos meses, luego en pocos años. Él dijo que esperaría hasta que todo el mundo hubiera tenido la oportunidad de oír de él. Y el mundo es más grande de lo que siempre imaginamos.

Pablo planeaba ir a Galia, y nunca pudo hacerlo.

Pero estoy divagando otra vez. Cavilaciones de un hombre cansado. Desperdicio este pergamino.

**SILAS** quiso renunciar a la tarea que Epeneto le había dado. Le dolía el cuello, la espalda y los hombros. Tenía agarrotados los dedos; pero no por el dolor físico de tantas horas trabajando en el escritorio, sino por recordar los años y la distancia, los amigos salvos y perdidos.

—¿Ya terminaste? —inquirió Macombo trayendo una bandeja.

—No.

—Has llevado una vida intensa.

Silas se cubrió el rostro con las manos.

Esa noche durmió profundamente y soñó con Jesús. El Señor llenó de grano sus cicatrizadas manos por los clavos y lo lanzó en toda dirección. Las semillas echaron raíces; diminutos retoños surgieron en desiertos, en cumbres, en pequeñas aldeas y grandes ciudades. Algunas fueron llevadas en el mar hacia tierras lejanas.

Jesús puso un pergamino en la mano de Silas y sonrió.

**PABLO** *se volvió a sentir atraído a Jerusalén. Igual que yo, aquí estaba su hogar, el centro de todo lo que habíamos conocido y apreciado. El templo aún era la casa de Dios. Yo no podía subir las gradas y estar en los corredores sin pensar en Jesús u oír su voz resonando en mi mente. El corazón me dolía cada vez que ponía un pie en ese lugar que supuestamente era santo pero que ahora estaba muy envilecido por la corrupción.*

Supimos que Pablo había llegado a Cesarea. Se quedó con Felipe el evangelista y sus cuatro hijas, todas solteras y con el don de profecía. Igual que otros, entre los que estoy yo, ellas habían decidido no casarse sino esperar el regreso del Señor. Ágabo fue a ver a Pablo, pues había soñado que Pablo sería encarcelado si venía a Jerusalén.

Pablo no quiso esconderse.

Cuando Pablo y Lucas llegaron a Jerusalén, Mnasón los recibió en su casa. Me hubiera gustado ofrecerles hospitalidad, pero mis circunstancias habían cambiado con los años, y ya no tenía casa en Jerusalén ni en Cesarea. No vi a Pablo ni a Lucas hasta que vinieron al consejo, pero cuando yo llegué, era evidente que nada había cambiado entre nosotros.

—¡Silas! —exclamó Pablo, abrazándome. Lloré de alegría. Yo tenía muchos sentimientos mezclados acerca de su estadía en Jerusalén. Aunque anhelaba nuestras profundas conversaciones, temí que lo atraparan y lo asesinaran. Los fariseos nunca le perdonaron que abandonara su causa. Santiago y todos los miembros del consejo lo saludaron calurosamente. Todos sentíamos las mismas intranquilidades acerca del bienestar de Pablo.

Pablo hizo un buen relato de sus viajes, apelando a menudo a mí para que añadiera alguna cosa que pudiera haber olvidado con relación a las ciudades que habíamos visitado juntos. Él había olvidado un poco.

Por supuesto, Pablo anhelaba ir al templo. Santiago y yo habíamos discutido con los demás esta posibilidad, y creímos que se podrían evitar problemas si Pablo llevara con él a cuatro hombres que hubieran completado los votos. Al unírseles en la ceremonia de purificación y pagar la afeitada del cabello de ellos, quizás los judíos verían que él no había rechazado la Ley.

Planes de hombres, pero Dios prevalece.

Pablo fue al templo. Pasó allí siete días adorando y regocijándose en el Señor. Entonces lo vieron algunos judíos de Asia, y hablaron contra él.

—Adondequiera que va este hombre, ¡trae problemas sobre nosotros!

—¡Ustedes se traen problemas sobre sí mismos al levantar turbas y ocasionar disturbios! —traté de defenderlo.

Cuando la ira encuentra ira, nada bueno sale de eso.

La atmósfera se llenó de acusaciones. Algunos afirmaron que Pablo había metido griegos en el templo para profanar el lugar sagrado. Habían visto cerca del templo a Trójimo el efesio, y supusieron que Pablo lo había hecho entrar. Los líderes judíos agarraron a Pablo y lo sacaron a rastras del templo. Lo tiraron fuera y cerraron las puertas. Otros comenzaron a golpearlo. Yo les gritaba que se detuvieran, y me encontré en medio de la refriega.

¡Nunca me alegró tanto la vista de soldados y centuriones romanos como ese día! Sin su intervención habríamos muerto. Rodearon a Pablo y usaron sus escudos para hacer retroceder a los judíos. El comandante desenvainó la espada y la golpeó contra su escudo.

—¡Quietos! ¡Quietos todos ustedes! —gritó con un fuerte acento arameo, y luego ordenó a sus soldados en griego—. ¡Encadenen a este hombre hasta que yo averigüe qué está pasando en este momento!

Pablo se bamboleaba bajo el peso de las cadenas mientras el comandante trataba de deducir los hechos.

—¿Quién es este hombre al que ustedes intentan matar? ¿Qué ha hecho? —le preguntó a la turba.

—¡Está causando alboroto!

—¡Ha profanado el templo de nuestro Dios!

—Él es Saulo de Tarso, y acusado injustamente… —traté de defenderlo, pero alguien me golpeó en un costado de la cabeza. Por la gracia de Dios resistí la tentación de devolver el golpe.

—¡Él es el cabecilla de una secta que desafía a Roma!

Todos gritaban, cada uno con una respuesta distinta, ninguna cerca de la verdad.

Dos soldados agarraron a Pablo y lo subieron en vilo las gradas del cuartel, mientras otros enfrentaban a la multitud con los escudos unidos en un muro de protección. De algún modo Pablo convenció al comandante de que lo dejara hablar a la muchedumbre.

Cuando Pablo gritó en arameo, los judíos hicieron silencio.

—Yo soy judío, nacido en Tarso de Cilicia, pero criado en esta ciudad. Bajo la tutela de Gamaliel recibí instrucción cabal en la ley de nuestros antepasados, y fui tan celoso de Dios como cualquiera de ustedes lo es hoy día. Perseguí a muerte a los seguidores de este Camino.

Pablo confesó ser culpable de cuidar la ropa de quienes apedreaban a Esteban, y de haber ido tras otros en su celo contra los cristianos, incluso que viajó a Damasco con el fin de traer a Jerusalén a los cristianos y castigarlos aquí.

—Sucedió que a eso del mediodía, cuando me acercaba a Damasco, una intensa luz del cielo relampagueó de repente a mi alrededor. Caí al suelo y oí una voz que me decía: «Saulo, Saulo, ¿por qué me persigues?».

Ellos escucharon atentamente hasta que Pablo les dijo cómo Dios lo llamó para llevar el mensaje de Cristo a los gentiles. La ira se desencadenó sobre ellos como un incendio.

Los hombres se rasgaron la ropa en protesta y lanzaron polvo al aire.

—¡Bórrenlo de la tierra!

—¡Mátenlo!

—¡Ese tipo no merece vivir!

Amigos me agarraron y me arrastraron hasta una pared y observamos a la turba subir en tropel las gradas, tratando de agarrar a Pablo. El comandante gritó. Los soldados trabaron sus escudos. Los hombres se replegaron, trastabillando sobre otros. Algunos cayeron, aplastados por quienes presionaban por detrás. El griterío se volvió ensordecedor. Los rostros enrojecían y se retorcían de la ira.

El comandante llevó a Pablo al interior del cuartel y atrancó las puertas.

Salí corriendo a buscar a Lucas. Para cuando regresamos al cuartel romano se había dispersado la turba. Exigí ver al comandante y le dije que Pablo era ciudadano romano. Nos debió escoltar hasta donde estaba Pablo.

Pablo estaba sentado contra la pared, gravemente herido, los labios partidos y sangrando.

—Al menos escapé a un azote —expresó.

Lucas le revisó las heridas. Puse suavemente la mano en los hombros de Pablo, y me di cuenta que hasta tocarlo le causaba dolor.

—Todos están orando —le dije.

Yo había llevado pan, almendras, tortas de pasas y vino diluido.

—Si solo escucharan —manifestó Pablo; le corrían lágrimas por el rostro y tenía los hombros caídos.

—Lo hicieron, por un rato —contestó Lucas suavemente.

—El Señor les da oportunidad día tras día, Pablo. Nos mantendremos orando y hablaremos cuando podamos. Aún hay muchos en Jerusalén que siguen a Cristo, y no han entregado la ciudad a Ananías y su turba.

Lucas movió la cabeza de lado a lado.

—La hinchazón pasará pronto, Pablo —señaló—. Pero los golpes podrían haber empeorado tu vista.

El guardia nos avisó que debíamos salir.

—Tal vez estos guardias romanos escuchen —dijo Pablo suspirando.

Eso me hizo sonreír.

El comandante llevó a Pablo al consejo judío, y oímos a Pablo dividiéndolos al proclamar que lo juzgaban por creer en la resurrección. El debate entre fariseos y saduceos se volvió tan candente y desordenado que los soldados romanos pusieron a Pablo bajo custodia y lo devolvieron a la fortaleza.

Yo sabía que el asunto no terminaría allí. La ciudad estaba agitada por causa de Pablo. Hubo rumores de que conspiraban contra su vida. Yo oraba incesantemente.

El Señor me recordó que mi amigo estaba destinado a ir a Roma.

—Ya no está aquí —anunció el guardia romano cuando fui a decírselo a Pablo.

—¿Adónde lo llevaron?

Se negó a contestar.

Fui a casa de la hermana de Pablo. Ella lo había visto, así como su hijo.

—Oí a algunos hombres hablando en el templo —me contó el muchacho—. Se habían unido a otros en una conspiración para matar a mi tío. Dijeron que se abstendrían de comer y beber hasta que lograran matarlo. ¡Son más de cuarenta, Silas! Fui a ver a Pablo y se lo conté, y él hizo que yo se lo dijera al oficial encargado.

Hicimos indagaciones, y pronto nos enteramos que doscientos soldados bajo órdenes de dos centuriones habían salido de Jerusalén la noche anterior.

—Tengo un amigo entre los soldados —informó uno de los hermanos—. Y me contó que con ellos fueron setenta soldados de caballería y doscientos lanceros.

—¿Y Pablo?

—No me lo pudo decir con seguridad, solo que tenían un prisionero en cadenas y que lo iban a llevar a Cesarea ante el gobernador romano.

Reí. ¡Hasta el ejército romano se inclina ante la voluntad del Señor, y protege al siervo escogido de Dios!

Lucas salió inmediatamente para Cesarea, pero una crisis tras otra me mantuvo en Jerusalén.

—El sumo sacerdote ha ido a Cesarea —me contó Santiago—. Y se ha llevado con él a Tértulo.

—Tértulo podrá ser famoso por discutir la ley judía y romana, pero todas las fuerzas que Satanás pueda reunir no prevalecerán contra los planes de Dios para Pablo.

Lucas me escribía, y yo mantenía informado al consejo del bienestar y del estado mental de Pablo. Para cuando pude viajar a verlo, Ananías, los líderes judíos y Tértulo habían fracasado en sus intentos de influir en el gobernador Félix para que les entregara a Pablo. En realidad, creo que a Félix le divirtió sacarlos de quicio; este, además de ser un esclavo liberado de la casa del emperador Claudio, era ambicioso. Se casó con Drusila, la bisnieta del infame rey Herodes el Grande, pensando que la alianza lo recomendaría favorablemente a los judíos. No fue así. Los herodianos son odiados por su sangre idumea. El matrimonio de Félix simplemente lo enredó más.

Pablo parecía estar bien, pero yo estaba seguro de que el encarcelamiento lo había irritado. Solamente lograba predicar un poco.

—Ah, Silas, eres un amigo que me conoce —expresó Pablo tomándome de los brazos a forma de saludo, y muy contento con los escritos que yo le había traído—. Tengo una docena de cartas que contestar, y no tenía manera de hacerlo.

—¿Ha habido sin embargo alguna señal de lo que el gobernador planea hacer contigo?

—Ninguna. Él me llama y yo le hablo de Jesús. Vivo con la esperanza de que él escuche.

Me quedé unas cuantas semanas y escribí cartas que Pablo dictó, luego volví a Jerusalén. Regresé a Cesarea después de la Pascua y encontré frustrado a Pablo.

—¡El gobernador me encuentra divertido! —exclamó caminando de un lado al otro, lleno de impaciencia—. Él espera en vano un soborno. Aunque tuviera dinero para ofrecerle, ¡no lo haría!

El corazón del gobernador Félix resultaba ser duro.

—¿Por qué Dios me deja aquí?

—Quizás para pulirte, para el momento en que conozcas y hables con otro mucho más grande: César.

Pablo oraba todo el tiempo, no por sí mismo sino por las iglesias que había plantado. Él es la única persona que he conocido que podía recordar nombres, cientos de ellos, y las circunstancias de la salvación de cada persona. Su amor aumentaba y no podía estar limitado dentro de estas paredes de piedra. La oración le daba alas a su amor. Escribió innumerables cartas, algunas a mí, aunque ya no existen, al habérselas dado a otros o porque los enemigos las quemaron. Las que tengo sobrevivirán. He hecho copias que dejaré. Pablo expresó mensajes del Señor, instrucciones y consejos para las congregaciones en lucha contra Satanás, quien nunca dejará de merodear. Debemos confiar en el Señor, en su Palabra, y en el poder de su fuerza para vencer y soportar hasta el final.

Pensé que llegarían algunos cambios cuando Roma convocó a Félix. Judea hacía triunfar la carrera de un hombre, o lo destruía. Cuando más tarde llegué a Roma, supe que a Félix lo habían desterrado como castigo, y presencié un adecuado final para un hombre que dejó a Pablo en prisión sin tener otro motivo que agradar a sus enemigos. Tal vez en el exilio se suavice el corazón de Félix.

Porcio Festo se convirtió en gobernador. Llegó a Jerusalén y fue recibido por los jefes de los sacerdotes y dirigentes judíos de Jerusalén. Ellos no se habían olvidado de Pablo, y pidieron al gobernador que lo trasladara a la ciudad y lo enjuiciara. Festo no accedió a sus exigencias. Buscaba el favor de los judíos para mantener la paz, pero no renunció a nada de su poder. Manifestó que si los judíos tenían acusaciones contra Pablo debían ir a Cesarea y hacerlas ante el tribunal romano.

Antes de que Festo saliera de Jerusalén, el Señor me dio una visión de lo que ocurriría, e inmediatamente fui a Cesarea.

—Bajo ninguna circunstancia debes permitir que te lleven a Jerusalén para enjuiciarte, Pablo.

—Iré adonde sea guiado.

—Si regresas a Jerusalén, ¡no es Dios quien te guía sino Satanás! ¡Escúchame! El propósito de los judíos no es enjuiciarte sino matarte en el camino. Querrán silenciarte.

—Cristo nunca será silenciado.

—Si no tomas en cuenta mi visión, recuerda lo que el Señor te dijo años atrás. ¡Hablarás ante reyes! Permanece firme, amigo mío, y el Señor te mantendrá en la senda. ¡Testificarás ante el César!

Cuando Festo ordenó que Pablo se presentara ante los judíos y les contestara sus acusaciones, él apeló a su derecho de ser oído bajo la ley romana . Al preguntarle Festo si estaría dispuesto a regresar a Jerusalén, Pablo se negó.

—¡Apelo al emperador! —exclamó.

Festo y sus consejeros estuvieron rápidamente de acuerdo, sin duda agradecidos de deshacerse de la responsabilidad por un prisionero tan problemático. Festo tal vez pensó que enviar lejos a Pablo aseguraría alguna paz en Jerusalén.

El rey Agripa y Berenice, su hermana, vinieron a Cesarea para presentar sus respetos al nuevo gobernador romano. Festo los honró con gran pompa y sacó a Pablo para que hablara ante el rey.

—Pablo desafió a Agripa como un hombre podría retar a un amigo —me informó un hermano romano—. Le preguntó si creía en los profetas judíos. Yo no sabía nada de estos asuntos, pero el rey estaba impresionado por las preguntas que Pablo hacía. Salió del salón. Festo y Berenice fueron con él. Yo le dije a Pablo que lo habrían liberado de no haber apelado al emperador.

Poco después recibí una carta de Lucas.

—El gobernador ha dado órdenes de que llevaran a Pablo vigilado a Roma. ¿Puedes acompañarnos?

Yo anhelaba ir con ellos, y oré fervientemente porque Dios me permitiera hacerlo. Hablé con los demás del consejo y todos oramos al respecto. Ninguno tuvo paz acerca de dejarme ir, aunque me enviaron a Cesarea a bendecir a Pablo y llevarle provisiones.

Él lloró cuando me vio. Debió haber visto en mi rostro que no podría ir.

—Yo sabía que era demasiado pedir, pero tenía esperanzas…

—Soy necesario aquí, por ahora, al menos. ¿Cuándo sales?

—En menos de una semana —informó, y me agarró por los brazos—. Trabajamos bien juntos, amigo mío. Piensa en todos aquellos miles desde Antioquía hasta Atenas y luego en el camino de regreso.

Pablo suspiró.

—Me gustaría que vinieras conmigo. Podría usar tu ayuda.

Traté de suavizar su desilusión y la mía.

—Has escrito algunas cartas muy buenas sin mí.

Él rió.

Qué poco tiempo el que tuvimos juntos, y lo usamos para escribir cartas.

Lo vi irse. Fue una partida difícil. Creímos que nunca más nos volveríamos a ver.

Pero como he aprendido con los años, Dios siempre parece tener otros planes.

# SIETE

**SILAS** hizo a un lado su pluma de carrizo y con sumo cuidado cortó el pergamino de tal modo que no se desperdiciara nada. Enrolló la parte sin usar y la metió en su mochila. Sopló sobre las últimas letras que había escrito. Estas se secaron rápidamente. Al quitar los pesos que sujetaban el pergamino permitía que se cerraran sus recuerdos. Con un profundo suspiro de satisfacción descansó los codos en la mesa y se frotó el rostro. Estaba terminada la tarea que le encomendaran Epeneto y los demás.

Se habían enviado copias de las cartas de Pedro a amigos fieles en las cinco provincias de Asia, una a cada anciano entrenado por Pablo. Silas también hizo copias de la carta de Pablo a los cristianos romanos, y le dio una a Patrobas.

—Lleva esta carta al norte y entrégala a Juan Marcos. Si él ya salió de Roma, dásela a Amplias. Él la protegerá con su vida.

Silas hizo otra copia para Epeneto. Le ayudaría a enseñar a quienes estaban bajo su cuidado.

Hizo copias de la carta que Pablo le había pedido que escribiera a todos los cristianos hebreos en todas partes. Había ayunado y orado antes de escribirla. El Señor le reveló cómo los mandamientos, los rituales y los profetas presentaron las promesas de Dios, y mostraban la senda del perdón y la salvación por medio de Jesucristo, el Mesías esperado por mucho tiempo. Silas conocía bien la lucha de la antigua fe y la nueva vida en Cristo, porque la había vivido. Volcó su corazón en la carta, deseando que todos los judíos supieran que Jesús era superior a ángeles, líderes y sacerdotes. El antiguo pacto fue cumplido en Cristo, y el nuevo les había dado libertad en Cristo. El santuario ya no era el templo en Jerusalén, porque Cristo el Señor moraba ahora en el corazón de todo el que lo aceptaba como Salvador y Señor. Cristo, el sacrificio perfecto, los había liberado. La carta ordenaba a los hermanos y las hermanas a aferrarse a su nueva fe, a animarse mutuamente, y a esperar el regreso de Cristo. Además les daba instrucciones de cómo vivir en santidad.

—¡Bien escrita, mi amigo! —había exclamado Pablo con una sonrisa de satisfacción cuando leyó la carta.

En realidad un gran elogio de un hombre a quien Silas admiraba mucho. Pero no se podía tomar el crédito.

—Fue el Señor quien me dio las palabras —reconoció.

—De eso, Silas, no tengo duda.

Cuánto extrañaba Silas hablar con Pablo acerca de la Palabra del Señor. Echaba de menos la pasión, la dedicación y la perseverancia de Pablo. Silas tuvo el honor de ver cómo Pablo se volvía más humilde con el tiempo, y lo había visto casi al final tan lleno de amor y compasión que desbordaban de él como ocurrió con Cristo. El toque de Pablo sanó a muchos; sus palabras resonaban con verdad. Dios, en su infinita sabiduría, había escogido un enemigo y lo había convertido en el más íntimo de los amigos.

Silas puso los pergaminos ante él. El trabajo de toda su vida. No se desprendería de ninguno de ellos, pero seguiría guardando las cartas originales que Pablo le dictó, y las que había ayudado a escribir a Pedro, junto con la que él había escrito pero que dejó sin firmar. Sopesó la carta de Pablo a los romanos en una mano mientras sostenía varios pergaminos más pequeños en la otra, sonriendo ante la diferencia. Pablo, el erudito, no podía decir nada en menos de unas pocas horas, mientras Pedro, el pescador, podía expresar la sabiduría de las edades en unos cuantos minutos. Los dos habían desconcertado a las grandes mentes en el imperio, porque la sabiduría de este mundo es necedad para Dios.

Angustia y gozo brotaron en él. Agarrando firmemente los pergaminos contra el pecho, Silas inclinó la cabeza, mientras lágrimas de agradecimiento le bajaban por las mejillas. «Oh, Señor, que me permitieras tal privilegio...»

Cuán pocos habían tenido la oportunidad de viajar con uno, mucho menos con dos grandes hombres de Dios. El Señor había puesto a Silas al lado de Pablo cuando este salió a extender las buenas nuevas a los griegos, y luego al lado de Pedro cuando este hizo el largo viaje a Roma. A cada uno había servido como secretario. Había caminado miles de kilómetros con Pablo, y navegó con Pedro. Había visto a los dos hombres realizar milagros. Les había ayudado a establecer iglesias. Ellos habían sido sus amigos.

«...que me usaras, el menos merecedor...»

*Te escogí. Creé tus entrañas y te formé en el vientre de tu madre. Eres mío.*

«Que siempre sea así, Señor. Escudríñame, oh Señor, y pruébame; examina mis íntimos pensamientos y mi corazón. Señala en mí todo lo que te ofenda, y guíame por la senda de la vida eterna».

Silas arregló con cuidado los pergaminos para que ninguno se dañara al transportarlo. Dejó uno sobre la mesa. Lo leería esta noche cuando se reunieran todos.

Sintió que una pesada carga salía de él. Había estado enclaustrado por mucho tiempo. Era hora de salir a caminar por fuera de las paredes de la casa-fortaleza de Epeneto.

Macombo estaba en el patio, con una jarra en las manos.

—Dile a Epeneto que ha concluido la tarea.

Macombo se enderezó, dejando de regar una planta.

—Luces mejor de lo que te he visto.

—Sí. —contestó Silas con la fe restaurada, se sentía curado de su aflicción—. Voy a salir a recorrer Poteoli. Ya va siendo hora, ¿no es verdad?

Después rió.

—Estaré de vuelta antes de la reunión.

Silas deambuló toda la tarde por las calles. Habló con extraños y se quedó un rato en el puerto. La brisa marina le trajo una avalancha de recuerdos.

—¿Silas?

Su corazón se animó al oír la voz conocida. Se volvió, el pulso le latía aceleradamente.

—Diana.

Ella tenía una canasta de pescados en la cadera. Silas buscó a Curiatus.

—¿No está tu hijo contigo?

Nunca los había visto separados.

—Está trabajando. Allí. Es buzo —contestó ella señalando—. Lo puedes ver en el muelle entre esos dos barcos.

Los hombres gritaron y Curiatus se lanzó al agua. Salió al lado de una caja flotante cerca de un barco y comenzó a amarrarla con una cuerda.

—Él es un fuerte nadador.

—Nunca te había visto por aquí —comentó Diana, quien se le había acercado más y se quedó mirándolo.

Él se sintió perdido en la mirada de ella.

—No había salido de casa desde que llegué a la puerta de Epeneto —expresó avergonzado, dando una suave risa y mirando a lo lejos; ¿había él estado mirando?—. He estado deambulando desde el principio de la tarde.

Él era un viejo tonto. Pero parece que no se podía controlar.

El rostro de ella se iluminó.

—Ya terminaste, ¿verdad?

Él asintió porque no podía confiar en su voz. Pronto sería el momento de salir. Nunca la volvería a ver. ¿Por qué eso dolería tanto? Él apenas la conocía. Él mismo no permitió que se le acercara demasiado nadie de Poteoli, mucho menos esta hermosa viuda.

—Hay mucho de lo que me gustaría saber de ti, Silas —confesó ella, sonrojándose y lanzándole una carcajada llena de vergüenza—. Quiero decir, todos queremos oír tu historia.

Diana se volvió cuando Curiatus gritó que levantaran la caja.

—Mi hijo te ha presionado desde el momento en que llegaste.

—Él ayudó a renovar mi fe, Diana.

No debió haber pronunciado el nombre de ella.

—Todos vimos tu sufrimiento cuando viniste a nosotros.

—Todos sufrimos.

—Algunos más que otros. Yo no conocí a Pablo ni a Pedro. Nunca conocí a alguien que caminara con Jesús. Solo tú.

Silas se estremeció por dentro. Surgió el antiguo pesar.

—No caminé con él. No del modo que quieres decir. Solo una vez y durante unos pocos kilómetros a lo largo del camino, después resucitó.

Él no se atrevía a mirarla por temor a la desilusión que podría ver en sus hermosos ojos negros.

—Debo regresar —afirmó, sonriendo por sobre la cabeza de ella—. No quisiera que Epeneto creyera que he vuelto a huir.

Macombo contestó al primer toque en la puerta.

—¡Gracias a Dios! Ven. Epeneto está caminando de un lado al otro.

—¡Aquí estás! —exclamó el romano atravesando el patio a grandes zancadas—. ¡Has estado lejos el tiempo suficiente para llegar a Pompeya!

Silas no dijo nada acerca de Diana.

—Dejé los pergaminos.

—Y terminaste el que todos han estado esperando oír. Lo vi.

La preocupación de Epeneto parecía anormalmente grave.

—¿Qué ha sucedido?

—Las cosas han cambiado —manifestó Epeneto.

Entonces le informó que Nerón había ampliado la búsqueda de cristianos. Algunos de los senadores más honorables estaban ahora muertos solo por haber nacido de sangre noble, ejecutados por Tigelino, el advenedizo siciliano exiliado por el emperador Calígula.

—Tigelino alimenta la vanidad de Nerón tan bien como sus temores —continuó informando el romano—. Si alguien se queda dormido durante una de las representaciones de Nerón, ¡pierde la vida! Podemos estar agradecidos de algo: un emperador que no dedica tiempo para gobernar su reino no gobernará por mucho tiempo.

Andrónico, Junías, Rufo y su querida madre, quienes se portaron todos muy bien con Pablo, habían sido martirizados.

—Ahora están con el Señor —comentó Silas.

—¡Me gustaría ver la muerte de quienes los mataron! —exclamó duramente Epeneto.

Silas comprendió con un poco de sorpresa que no sentía ese odio.

—No quiero la muerte de ningún hombre no salvo.

—¿Incluyendo a Nerón? —preguntó Epeneto volviéndose.

—Incluyéndolo.

Epeneto pensó en Silas por un momento.

—Julio me dijo que Pablo tenía gran respeto y afecto por ti. Pablo le contó que eras un hombre de gran intelecto y compasión, un amigo para él en toda circunstancia.

Silas sintió el pinchazo de las lágrimas ante tales palabras.

—¿Cómo fue que conociste al guarda de Pablo?

—Servimos juntos en Judea antes de que yo escapara.

—¿Escapaste?

—Digamos solo que me escapé de Judea por un pelo, y aún me mantengo vigilante —confesó Epeneto mirando alrededor—. Esta casa no me pertenece.

—¿Dónde está Julio ahora? —peguntó Silas resistiendo el deseo de saber más.

—No lo sé. No he oído de él en semanas. Patrobas no lo pudo encontrar.

Silas temió que él sabía lo que eso significaba.

—¿Estás en peligro?

—No de parte de Roma. No todavía, al menos —declaró el romano de algún modo tranquilo, e hizo una seña—. Ven. Comamos algo antes de que lleguen los demás. Si no, no tendrás oportunidad.

—Debo agradecerte todo lo que has hecho por mí —expresó Silas, siguiéndolo.

—Temí que te había encadenado a tu escritorio —gruñó Epeneto.

—La tarea me calmó. Cuando llegué a tu puerta... —se interrumpió Silas y movió la cabeza de lado a lado—. Tenía pocas esperanzas.

—He conocido hombres cuyas mentes no resistieron con menos provocación de la que has tenido, amigo mío. Lo único que necesitabas era descansar y tiempo para recordar.

✦ ✦ ✦

Esa noche Silas leyó el pergamino de principio a fin. Al enrollarlo y cerrarlo supo que había muchas cosas que no había expresado, cosas más importantes para ellos que saber acerca de la vida de él.

¿Se había hecho ver bueno al escribir únicamente lo mejor respecto de sí mismo? Sabía que lo hizo. Diana se sentó cerca de los pies de Silas, Curiatus al lado de ella. Aquellos en Jerusalén habían conocido todo acerca de él. Estos dos que habían venido a significar tanto no sabían nada.

—No dijiste nada de tu familia, Silas.

—No, no lo hice. Quizás es el momento de hacerlo.

Él no incluyó la vergonzosa verdad de la clase de hombre que era la primera vez que vio a Jesús. El corazón le tembló al mirar a Diana a los ojos.

—Hay cosas que debo contarles —reveló alejando la mirada de ella, y dirigiéndose a todos—. Cosas que he dejado de decir; que he tratado de olvidar, o expiar, tal vez...

No le salían las palabras.

—Yo... —balbuceó, manteniendo la mirada lejos del rostro de Diana y de Curiatus—. Mi madre murió cuando yo era muy joven, y mi padre cuando yo tenía veintidós años. Fui hijo único, y heredé toda la riqueza acumulada de mi padre, mi abuelo y mi bisabuelo. Para cuando pude caminar me trataban como un príncipe, y me daban toda ventaja que podía comprar el dinero: educación, toda comodidad, posición. Teníamos casas en Jerusalén y Cesarea. Con el debido respeto, Epeneto, me crié en una casa más grande que esta, con siervos para responder a todo capricho.

No se había sentido tan nervioso ni siquiera al hablar ante los de Licaonia.

—Siempre que mi padre viajaba, lo cual era frecuente, me llevaba con él. Yo tenía talento para los lenguajes y el comercio, y él me animaba, dándome responsabilidad a temprana edad.

Silas retorció el pergamino en sus manos.

—Me enseñaron que éramos mejores que los demás, y lo creí por la manera en que nos trataban adondequiera que íbamos. Nuestra riqueza era prueba de la aceptación de Dios, y todos la reconocían. Hasta los discípulos de Jesús creían que riqueza significaba aprobación divina, hasta que Jesús les dijo otra cosa. No es garantía.

Él miró alrededor del salón. *Señor, perdóname. Permití que ellos me tuvieran en alta estima.*

—Sostendré esto mientras hablas, porque lo vas a arruinar —dijo Diana quitándole el pergamino.

—Yo oí hablar de Jesús y de los milagros que hizo, y creí que se trataba de un profeta de Dios —continuó Silas después de tragar saliva—. Quería conocerlo. Así que me puse mis mejores vestiduras, monté mi mejor mula, pedí que mi guardaespaldas y mis siervos se encargaran de mi seguridad y comodidad, y salí a verlo.

Él nunca había sentido tal silencio.

—Contemplé a sus discípulos, y resultaron ser la clase de hombres que mi padre me había enseñado a eludir. Trabajadores, incultos, o al menos no tan educados como yo —personas como las que lo estaban mirando ahora—. Uno tenía fama de recaudador de impuestos. Me quedé en el borde más alejado de la multitud porque no quería rozar mis vestiduras contra ninguno de ellos; creía que me harían impuro.

Silas sacudió la cabeza, tenía los ojos llenos de lágrimas.

—Tal era mi orgullo cuando salí a conocer al Señor —continuó, y esperó un momento antes de poder hablar—. Estaba demasiado lejos para oír todo lo que Jesús decía, y casi no escuché en absoluto. Me encontraba muy ocupado pensando en lo que *yo* diría y cómo lo diría cuando me acerqué lo suficiente para hablar con él.

Silas cerró los ojos.

—Él me vio al ir hacia él y dijo algo a los demás. Se hicieron a un lado para que yo pasara. No les puse atención. Toda la vida me habían tratado con esa clase de respeto. Las personas siempre se hacían a un lado para que yo pasara.

Su voz se puso áspera.

—Me acerqué a Jesús. Lo llamé «Maestro». Para honrarlo, por supuesto. Quizás hasta para halagarlo. Entonces pregunté... —hizo una pausa en que debió tragar saliva para poder seguir hablando—. Pregunté: «¿Qué de bueno tengo que hacer para obtener la vida eterna?».

Silas sintió un suave toque en el pie. Diana levantó la mirada hacia él con los ojos llenos de lágrimas.

—Tal era mi orgullo, vean ustedes. Yo daba dinero a los pobres cada vez que entraba al templo. Siempre había diezmado como requería la Ley. En algún momento llegaría a ser un gobernante entre el pueblo de Dios. Debido a la riqueza... Creí ser tan *bueno* que Jesús tendría que decir: «Nada más se requiere de ti, Silas. El Señor está muy complacido contigo». ¡Palabras de elogio! Eso es lo que yo había oído toda mi vida. Eso es lo que yo esperaba, qué necio era. Quería que Dios me asegurara ante testigos que yo tenía el derecho de vivir eternamente.

Dejó escapar aire poco a poco.

—Jesús me miró con tal amor. «Si quieres entrar en la vida», me dijo, «obedece los mandamientos».

—¿Cuáles?, le pregunté, creyendo que uno era más importante que otro, y Jesús los enumeró. «No mates, no cometas adulterio, no robes, no presentes falso testimonio, honra a tu padre y a tu madre, y ama a tu prójimo como a ti mismo».

—Yo había guardado todos esos mandamientos. Incluso creía haber guardado el último al dar unas cuantas monedas a las viudas y huérfanos hambrientos que se sentaban en las gradas del templo, ¡a los pobres e indigentes que honré con un mísero regalo en las calles! Estaba tan seguro de mí que afirmé haber obedecido todos los mandamientos, y luego le pregunté qué más debía hacer. Yo quería oírle decir: «Nada más». Pero Jesús no dijo eso.

Silas miró a Epeneto.

—Jesús me miró a los ojos y dijo: «Si quieres ser perfecto, anda, vende lo que tienes y dáselo a los pobres, y tendrás tesoro en el cielo. *Luego* ven y sígueme».

»Sentí como si me hubieran pinchado el aliento. Se fue a pique toda la seguridad en que viví durante mi vida. Si la obediencia a la Ley no era suficiente, si la riqueza no era una señal de salvación, estaba perdido. ¡No tenía esperanza! Jesús había dicho: "*Luego* ven". Si yo estaba dispuesto a renunciar a todo lo que mi padre, mi abuelo y mi bisabuelo habían ganado, y a renunciar a todo lo agregado que yo había logrado con trabajo, *entonces* podría llegar a ser su discípulo».

Silas lanzó una sombría carcajada.

—Era la primera vez que mi dinero y mi posición habían cerrado una puerta en vez de abrirla. Me alejé, confundido y abatido porque sabía que no podría renunciar a nada.

—¡Pero regresaste!

—No, Curiatus. No lo hice.

—¡Pero debiste haberlo hecho!

—Nunca me volví a acercar a Jesús. No directamente. Cuando él me miró ese día supe que miraba *dentro* de mi corazón. Yo estaba desnudo ante él. Nada estaba oculto. Hasta las cosas que no sabía respecto de mí mismo eran claras para él. Yo pensaba que todo tenía que ver con dinero, pero él tenía muchos amigos ricos. ¡Resucitó a uno de la tumba! Yo no comprendía por qué me dijo todo eso, y no a otros. Pasó mucho tiempo antes de que entendiera por completo mi pecado.

»El dinero era mi dios. Adorar al Señor se había vuelto simple ritual para retenerlo. "Renuncia a él", había dicho Jesús, "y entonces puedes venir tras de mí". Y yo no estaba dispuesto. Me aferraba a lo que había heredado. Yo seguía construyendo encima».

Oh, ¡cómo se arrepentía Silas del tiempo que había perdido!

—Yo quería poder adorar a Dios sin renunciar a nada. Así que hice lo que siempre había hecho. Actué. Fui al templo. Entregué mis diezmos y ofrendas. Di con generosidad a los pobres. Leí la Ley y los profetas —Silas apretó los puños—. Y no hallé paz en nada de eso, porque ahora sabía que todo mi dinero *nunca* sería suficiente para salvarme. Las palabras de Jesús me provocaron hambre y sed de justicia. Deseé agradar a Dios. No me podía acercar a Jesús, pero tampoco me le podía enfrentar.

Silas sonrió con arrepentimiento.

—Yo iba a oír a Jesús siempre que llegaba cerca de Jerusalén, o que entraba a la ciudad. Me perdía entre la multitud o permanecía detrás de hombres más altos y más gruesos. Me quedaba en las sombras, creyendo que me ocultaba de él.

—Y descubriste que no te podías ocultar de Dios —interrumpió Epeneto.

Silas asintió.

—A veces hablé con los discípulos, no con los doce más cercanos a él por temor a que me pudieran reconocer sino con otros, como Cleofas. Nos hicimos buenos amigos.

Él cerró los ojos.

—Y entonces Jesús fue crucificado.

Ninguno se movía. Silas suspiró y miró alrededor del salón. Los recuerdos lo apabullaban.

—Algunos de los amigos de mi padre estaban entre quienes llevaron a cabo un juicio ilegal en medio de la noche y condenaron a Jesús. No lo podían ejecutar, así que consiguieron la ayuda de nuestros enemigos, los romanos, para realizar sus planes. Yo los comprendí. Sabía por qué lo hicieron. ¡Riqueza y poder! Ellos amaban las mismas cosas que yo amé. De eso se trató todo el juicio. Jesús estaba revolucionando al mundo. Ellos creían que cuando él muriera todo volvería a la normalidad. Anás y Caifás, junto con muchos de los sacerdotes y escribas, creían que podrían seguir teniendo todo en las palmas de sus manos.

Silas se miró las palmas, y pensó en las manos de Jesús marcadas por los clavos.

—Ellos en realidad no tenían ningún poder.

—¿Estuviste en la crucifixión?

—No, Curiatus. Permanecí lejos. Mi amigo Cleofas llegó y me contó que Jesús estaba muerto. Recuerdo haber agradecido que no hubiera tardado días en morir.

Silas movió la cabeza de un lado a otro.

—Todos los discípulos se escondieron la noche en que Jesús fue arrestado en Getsemaní. Cleofas no sabía qué hacer. Le permití que se quedara conmigo. Salió unos días después para encontrar a los demás y luego regresó. El cuerpo de Jesús lo trasladaron a una tumba, pero ahora había desaparecido. Una de las mujeres afirmaba que lo había visto vivo caminando en el jardín fuera de la tumba. Pero esta era la misma mujer de que salieron siete demonios, y creí que había vuelto a enloquecer.

»Tanto Cleofas como yo deseábamos apartarnos de la ciudad, lejos del templo. Él temía que lo capturaran. Yo no quería ver la sonrisa de satisfacción de los escribas, sacerdotes y fariseos que conspiraron, se confabularon y rompieron la Ley para matar a Jesús. Tampoco quería estar alrededor para ver cómo los líderes religiosos cazarían uno por uno a los discípulos y les harían lo mismo que hicieron a Jesús».

Silas torció la boca.

—Incluso dejé atrás mi excelente mula y salimos para Emaús.

Se agarró las manos, pero ni así pudo calmar el temblor en su interior.

—Mientras caminábamos hablamos acerca de Jesús. Él había sido un profeta; de eso no había duda. Pero los dos nos quedamos con muchos interrogantes.

»Cleofas seguía insistiendo en que llegó a creer que Jesús era el que esperábamos, que era el Mesías. Yo también lo pensé, pero creí de veras que si él hubiera sido el Mesías, ellos no lo podrían haber matado. Dios no se los habría permitido.

»Cleofas habló de las señales y maravillas que hizo Jesús. ¡De los enfermos que sanó! ¡De los ciegos a quienes hizo ver y de los sordos que hizo que oyeran! ¡De los muertos que resucitó! ¡De las miles de personas que alimentó sin más que varios panes y unos pocos peces! ¿Cómo pudo hacer todas esas cosas si no era el ungido de Dios?

»Yo no tenía respuestas, solo preguntas, igual que Cleofas. Él estaba sufriendo. Igual que yo. Un hombre que no reconocimos llegó y se nos unió. "¿Qué vienen discutiendo por el camino?", quiso saber. Cleofas le dijo al extraño que debía ser la única persona en Jerusalén que no había oído hablar de todo lo que ha pasado recientemente. "¿Qué es lo que ha pasado?", volvió a preguntar. Cleofas le habló, no pacientemente, acerca de Jesús. Le dijimos que fue un hombre de quien creíamos que era un profeta que hizo poderosos milagros. Que fue un gran maestro a quien creímos el Mesías, y que los jefes de los sacerdotes y nuestros gobernantes lo entregaron para ser condenado a muerte, y lo crucificaron».

Silas se frotó las manos y entrecruzó con fuerza los dedos.

—Entonces Cleofas le habló de las mujeres que habían ido a la tumba y la hallaron vacía, y de María Magdalena, quien afirmaba que vio vivo a Jesús. Nunca olvidaré las palabras del hombre. Nos habló como si fuéramos niños asustados, lo que en realidad estábamos.

»El hombre suspiró y nos llamó torpes. "¡Qué tardos de corazón para creer todo lo que han dicho los profetas! ¿Acaso no tenía que sufrir el Cristo estas cosas antes de entrar en su gloria?" Nos recordó profecías que no queríamos recordar. El Mesías sería despreciado y rechazado por los hombres, varón de dolores, hecho para el sufrimiento. Todos evitaban mirarlo; fue despreciado, y no lo estimamos. Sus enemigos lo golpearían, lo escupirían, se burlarían de él, lo blasfemarían y crucificarían con criminales. Otros echarían suertes sobre sus ropas.

»El extraño expresó las palabras de Isaías que yo ya había oído, pero que nunca antes entendí: "Él fue traspasado por nuestras rebeliones, y molido por nuestras iniquidades; sobre él recayó el castigo, precio de nuestra paz, y gracias a sus heridas fuimos sanados. Todos andábamos perdidos, como ovejas; cada uno seguía su propio camino, pero el SEÑOR hizo recaer sobre él la iniquidad de todos nosotros"».

Silas sintió que le volvían a brotar las lágrimas.

—Yo temblaba mientras el extraño hablaba, con el mantón de oración sobre su cabeza. Yo sabía la verdad de cada palabra que expresaba. Mi corazón ardía con esa seguridad. Ya era tarde cuando llegamos a Emaús, y le pedimos al hombre que se quedara con nosotros. Cuando titubeó, Cleofas y yo le rogamos.

»Él vino con nosotros. Nos sentamos a la mesa. El extraño partió el pan y nos lo dio. Fue entonces que vi las palmas de sus manos y las cicatrices en sus muñecas —declaró Silas conteniendo las lágrimas—. Lo miré. Se echó para atrás el manto, y los dos le vimos el rostro. Por primera vez desde ese día en que me dijo que fuera y diera a los pobres todo lo que yo tenía, lo miré a los ojos... y luego se fue».

—¿Se fue? ¿Cómo?

—Desapareció.

Todos susurraron.

—¿Qué viste en los ojos de Jesús, Silas? —preguntó Diana en tono suave.

—Amor. Esperanza —contestó él mirándola—. El cumplimiento de toda promesa que he leído en las Escrituras. Vi una oportunidad de cambiar de opinión y seguir a Cristo. Vi mi única esperanza de salvación.

—¿Y qué pasó con todo tu dinero, las casas, los bienes? —preguntó Urbano.

—Lo invertí. Vendí propiedades a medida que surgían necesidades en la iglesia. Comida, un lugar seguro para vivir, pasaje en un barco, provisiones para un viaje... cualquier cosa que se necesitara. Vendí mis últimas propiedades familiares cuando Pedro me pidió que viniera con él a Roma.

—¡Renunciaste a toda tu riqueza para extender el mensaje de Cristo! —exclamó Epeneto sonriendo.

—Obtuve mucho más de lo que entregué. Me han recibido en cientos de casas, y tuve un hogar en toda ciudad en que he vivido —afirmó Silas mirando cada par de ojos en todo el salón—. Además de hermanos y hermanas, padres y madres, incluso incontables hijos.

Abrió las manos con las palmas hacia arriba.

—Y junto con todas estas bendiciones gané el deseo de mi corazón: la seguridad de vida eterna en la presencia de Dios.

Silas rió suavemente y sacudió la cabeza.

—No he dejado un solo siclo o denario a mi nombre, pero soy mucho más rico de lo que era cuando toda Judea me rendía deferencia como un soberano rico.

✦ ✦ ✦

Era muy entrada la noche cuando la reunión se dispersó. Pequeños grupos salieron por puertas diferentes para desaparecer dentro de la ciudad sin levantar sospechas. Diana y Curiatus estuvieron entre los primeros en irse. Algunos se quedaron un rato más.

—Lo que has escrito lo leerán generaciones futuras, Silas.

Silas solo podía esperar que se protegieran las copias de las cartas de Pedro y Pablo.

—Las cartas los guiarán a ustedes...

—No. Hablo de *tu* historia.

La mujer se alejó antes de que Silas pudiera contestar algo. Él se puso de pie, con una sensación de mareo en la boca del estómago, cuando los últimos desaparecieron en la noche.

¡La perspectiva de un hombre sobre lo que había acontecido no era un registro completo de sucesos importantes! Lo único que él hizo fue sumergirse en sus recuerdos, escribir sus puntos de vista de lo ocurrido. Se había puesto a pensar en sus sentimientos.

Silas no había caminado con Jesús durante esos años en que este predicó desde Galilea a Jerusalén, ni viajó con él a Samaria o Fenicia. Silas no fue testigo de los milagros. No se había sentado a los pies de Jesús. Cuando Jesús le dijo lo que debía hacer, ¡Silas se negó!

*Llegué tarde a la fe, Señor. Fui lento para oír, lento para ver y, oh, ¡lento para obedecer!*

Silas agarró el pergamino y se fue a su habitación. *¿Qué valor tiene este pergamino si lleva por el mal camino a algunos de tus hijos?* Añadió un trozo de madera al fuego que Macombo había prendido en el brasero. *Que esta sea mi ofrenda para ti, Señor. Mi vida. Toda ella. Todo lo que alguna vez hice o haré. Que el humo que se levante sea un dulce aroma para ti. Pon fuego otra vez en mi corazón, Señor. ¡No permitas que desperdicie mi vida en ensueños!*

—¿Qué estás haciendo? —preguntó Epeneto atravesando el cuarto a grandes zancadas.

—*¡Déjalo!* —gritó Silas agarrándole la muñeca a Epeneto cuando este se disponía a sacar el pergamino del fuego.

—Pasaste semanas escribiendo la historia, ¿y ahora la quemas? ¿Por qué?

—Ellos le darán demasiada importancia. No quiero dejar atrás nada que pueda confundir a los niños.

—Todo fue verdad, ¿no es así? ¡Cada palabra que escribiste!

—Sí, es lo que *vi*. Pero servimos a una verdad más grande que mis experiencias, pensamientos o sentimientos, Epeneto. Los demás pergaminos, los que copié para ti, contienen esa verdad. Pedro y Pablo expresaron las palabras de Cristo, y esas palabras permanecerán.

Silas soltó a Epeneto. Ahora el pergamino se quemaba rápidamente.

—Lo que escribí allí cumplió su propósito. Es hora de renunciar a él.

—¿No eres también un discípulo de Jesús? —preguntó Epeneto, mirándolo—. ¿Por qué no escribes lo que sabes que podría ser un documento para quienes han de venir?

—Porque no fui testigo de los sucesos más importantes de la vida de Jesús. No caminé con él, no viví con él, no comí con él, ni oí cada palabra que pronunciaba desde la mañana hasta la noche. No estuve allí cuando caminó sobre el agua, o cuando resucitó al hijo de la viuda. Pedro sí.

—¡Pablo no estuvo!

—No, pero Pablo fue instrumento escogido de Jesús para llevar su mensaje a los gentiles y a reyes, así como al pueblo de Israel. Además el Señor confirmó ese llamado cuando le habló a Ananías, y cuando me lo reveló.

—Jesús también te llamó a ti, Silas. ¡Tú también eres un profeta de Dios!

—Él me llamó a renunciar a lo que apreciaba más que a Dios, a entregárselo de vuelta a Aquel que lo dio primero. El Señor me habló para que pudiera animar a Pedro y a Pablo en la obra que les había encomendado. Jesús te llamó a ti, amigo mío. Llamó a Urbano, Patrobas, Diana, Curiatus. Él llamará a miles más. Pero tú y yo, y todos los demás, no escribiremos nada que pase la prueba del tiempo como lo harán las palabras inspiradas por el Espíritu Santo.

—La iglesia necesita tu historia —insistió Epeneto con el rostro aún enrojecido—, ¡y acabas de quemarla!

Silas le sonrió suavemente.

—Epeneto, amigo mío, solo soy un secretario. Escribo las palabras de otros, y en ocasiones les ayudo a mejorar lo que deben decir. Ayudé a Pablo porque tenía problemas con la vista. Ayudé a Pedro porque él no escribía griego ni latín —expresó Silas, luego movió la cabeza de lado a lado—. Solo una vez escribí una carta, y eso porque se me ordenó hacerlo. El Espíritu Santo me dio las palabras. Pablo las confirmó.

—Los creyentes quieren oír todo lo que ocurrió desde el nacimiento de Jesús hasta su ascensión.

—¡Dios llamará a alguien a escribirlo! Pero yo no soy historiador, Epeneto.

Dios sabía quién iba a hacerlo. El consejo de Jerusalén había discutido el asunto a menudo. Quizás sería Lucas, el médico. Él había hablado con quienes conocieron a Jesús, y siempre escribía notas. Él pasó días con María, la madre de Jesús, mientras estaba en Éfeso, y con Juan, el único que Jesús trató como hermano menor. Lucas había vivido y viajado con Pablo mucho más que Silas, y era un hombre docto, dedicado a la verdad. O quizás Juan Marcos termine lo que se propuso hacer la primera vez que regresó a Jerusalén.

—Dios llamará al hombre adecuado para escribir los hechos —contestó Silas, asintiendo confiadamente.

—Todo tu trabajo convertido en cenizas —se quejó Epeneto mientras veía ennegrecerse y achicarse el pergamino.

No todo. Quedaban las cartas de Pablo y de Pedro.

—Es mejor quemar la totalidad de mi vida que permitir que una palabra, una frase, induzca al error a aquellos que son como bebés en Cristo. Lee las cartas que estoy dejando contigo,

Epeneto. Cristo está en ellas. Él exhaló cada palabra en los oídos de Pedro y de Pablo.

—Ahora no tengo otra alternativa.

—No. Gracias a Dios —interpeló Silas sintiéndose impelido a advertirle—. Debes tener mucho cuidado con lo que aceptas como la Palabra del Señor, Epeneto. Hay muchos que crearían su propia versión de lo que ocurrió. Como hice con ese pergamino. Debes comparar cualquier cosa que recibas con las cartas que te estoy encomendando. Las historias se pueden volver leyendas, y las leyendas mitos. ¡Que no te engañen! Jesucristo es Dios el Hijo. Él es el camino, la verdad y la vida. No te apartes de él.

—Tú te estás yendo —expresó Epeneto frunciendo el ceño.

—Es el momento.

—¿Adónde irás?

—Al Norte, quizás.

—¿A Roma? ¡Estarás muerto en una semana!

—No sé adónde me enviará Dios, Epeneto. Aún no me ha dicho, solo que me debo ir —le aseguró Silas soltando una suave carcajada—. Cuando un hombre se detiene mucho tiempo mirando hacia atrás es difícil que sepa lo que yace por delante.

Era tarde, y los dos estaban cansados. Se despidieron, y cada uno se dirigió a su dormitorio.

Epeneto se detuvo en el corredor.

—Alguien me preguntó si alguna vez te casaste. Si tuviste hijos. Quizás en Jerusalén.

—Nunca tuve tiempo.

—¿Fuiste siempre tan predispuesto?

—¿Quieres decir si alguna vez amé a alguien? No. ¿Se hicieron alguna vez planes para que yo tuviera una esposa? Sí. Mi padre tenía una esposa en mente para mí, una muchacha de la mitad de mi edad y de buena familia. Su padre era casi tan rico como el mío. La muerte de mi padre acabó con cualquier pensamiento de mi parte en el matrimonio. Yo estaba demasiado ocupado encargándome de la herencia que él y mis antepasados habían acumulado. Además, ella era muy joven.

Silas sonrió y se encogió de hombros.

—Ella se casó y tuvo hijos. Tanto ella como su esposo se hicieron cristianos durante Pentecostés.

Al comenzar la persecución perdieron todo, y él debió comprar una casa para ellos en Antioquía. Hubo ocasiones en que Silas se preguntó qué habría sido de su vida si se hubiera casado con ella.

—Pareces nostálgico.

Silas levantó la mirada hacia él.

—Quizás. Un poco. Todos creímos que Jesús regresaría en unas cuantas semanas o en unos cuantos meses. Un año o dos a lo máximo.

—Extrañas no tener una familia.

—A veces. Pero no habría hecho lo que hice si hubiera tenido esposa e hijos. Además me habría perdido los años que pasé viajando con Pablo y trabajando con Timoteo.

—Viajaste con Pedro. Él tenía esposa.

—Vinimos como fuimos llamados, Epeneto. Pedro tenía una familia cuando Jesús lo llamó como discípulo. Admito que cuando viajé con Pedro y su esposa añoré a menudo lo que ellos tenían. Ese no era el plan de Dios para mí.

—Aún hay tiempo.

Silas pensó en Diana y se le subió el calor al rostro. Movió la cabeza de un lado al otro.

Epeneto le lanzó una enigmática sonrisa.

—Un hombre nunca es demasiado viejo para casarse, Silas.

—Que *pueda* no significa que *deba*.

—Ella tendría que ser una mujer especial —asintió Epeneto pensativamente—, me lo imagino.

—Puedo pensar en varias que serían una esposa apropiada para *ti*.

Epeneto rió.

—Buenas noches, Silas —comentó, dándole una palmadita en la espalda.

✦ ✦ ✦

Silas despertó ante la voz de Curiatus en el corredor.

—¡Pero tengo que verlo!

—Aún está durmiendo —dijo Macombo en voz muy baja.

—El sol apenas está saliendo —cuestionó Epeneto desde más lejos—. ¿Por qué estás aquí tan temprano?

—Silas se está yendo.

—¿Cómo sabes eso?

—Mamá me lo contó. Ella soñó que él estaba en un barco y que se alejaba navegando.

Silas oyó la angustia en la voz del muchacho y se levantó de la cama.

—Aquí estoy, Curiatus. No me he ido a ninguna parte.

*Todavía.*

—Solo fue un sueño.

Sueño que le había tocado alguna cuerda sensible en el interior y lo había hecho temblar.

El muchacho vino hacia él.

—¿Cuándo te vas?

Silas miró a Epeneto y a Macombo, y bajó la mirada a los ojos afligidos de Curiatus.

—Pronto.

—¿Cuán pronto?

—En tres días —informó Epeneto y miró con dureza a Silas—. No antes de eso.

—Me voy contigo.

—¿Es esa manera en que pides…? —preguntó Epeneto dando un paso adelante.

Silas levantó la mano.

—No sé adónde voy a ir, Curiatus.

—Irás adonde Dios te envía, ¡y quiero ir contigo! Por favor, Silas, ¡llévame contigo! ¡Enséñame como Pablo y tú enseñaron a Timoteo! ¡Circuncídame si tienes que hacerlo! ¡Quiero servir al Señor!

Silas sintió que se le tensaba la garganta. Pensar en salir solo fue lo que lo retrasó tanto tiempo; sin embargo, ¿debería llevar con él a este muchacho?

—Timoteo era mayor que tú cuando dejó a su madre y su abuela.

—Un año no es determinante.

—Un año fue muy determinante para Juan Marcos.

—¡Tengo suficiente edad para saber cuándo Dios me está llamando!

Silas sonrió con arrepentimiento.

—¿Y cómo alguien puede discutir con eso?

¿Podría él tomar la palabra de un muchacho apasionado?

—Tú no me crees —se quejó Curiatus, quien se veía alicaído.

David había sido ungido rey cuando era solo un muchacho. Silas puso la mano en el hombro de Curiatus.

—Debo orar al respecto, Curiatus. No puedo hablar de un modo o del otro hasta saber lo que Dios quiere.

—Él te ha dicho que te vayas.

—Sí, pero no adónde.

—Él envió discípulos de dos en dos. Tú fuiste con Pablo. Fuiste con Pedro. ¡Déjame ir contigo!

—¿Y tu madre, Curiatus?, ¿Quién cuidará de ella?

—Timoteo tenía madre. ¡Ella lo dejó ir!

Era inútil discutir con el muchacho.

—Si Dios te ha llamado a venir conmigo, Curiatus, lo confirmará diciéndomelo.

¿Qué diría Diana acerca de renunciar a su hijo cuando nunca más podría volver a verlo?

—Sé que Dios te lo dirá —afirmó Curiatus acercándose más a Silas—. Sé que lo hará.

—¿Podemos ahora volver a dormir? —expresó Epeneto con sequedad—. ¿Al menos hasta que el sol salga por completo?

✦ ✦ ✦

Silas ayunó todo el día, pero no tuvo respuesta. Ayunó y oró un segundo día.

Epeneto lo halló sentado en la parte de atrás del jardín.

—Curiatus regresó. ¿Ya le tienes una respuesta?

—Dios ha estado callado respecto a este asunto.

—Tal vez eso significa que puedes decidir de cualquier manera, aunque parece no haber duda en la mente de Curiatus de que Dios quiere que él lo haga.

—Juan Marcos partió demasiado pronto.

—Timoteo era más joven y no miró atrás.

—Creí que todo estaba decidido.

—Ah sí; simplemente recoger tu paquete de pergaminos y salir.

Silas le lanzó una mirada sombría. ¿Por qué el romano mostraba tal placer malsano en burlarse de él?

Epeneto sonrió.

—Supongo que la decisión es aun más difícil cuando no puedes tener lo uno sin lo otro.

Silas lo miró, el corazón le palpitaba.

—Esa es entonces la respuesta —admitió, sintiendo una verificación en su espíritu, pero le hizo caso omiso—. Si el muchacho no está listo para dejar a su madre no me atreveré a llevarlo.

Epeneto gruñó fastidiado.

—Eso no es lo que dije. Y aunque hubiera sido, ¡hay una solución! Tú podrías…

Silas se levantó abruptamente.

—No sé adónde me guiará Dios, o si alguna vez volveré por este camino —pronunció, dejó atrás a Epeneto y se dirigió a la casa—. Cuando me vaya, lo haré solo.

¿Por qué no sintió alivio al declarar eso?

—¡Estás volviendo a escapar asustado! —exclamó Epeneto yendo tras él.

Silas siguió caminando.

—¡Lleva a Diana contigo! —gritó esta vez Epeneto.

El calor se vertió en el rostro de Silas.

—Baja la voz —exigió volviéndose.

—Ah, qué tono imperioso. Lo he oído a menudo en romanos nobles. ¡Me gustaría que te oyeras!

—¡No puedo llevar a una mujer! ¡Su reputación se arruinaría y mi testimonio no significaría nada!

—No estoy sugiriendo que la hagas tu concubina —resopló Epeneto—. *¡Cásate con ella!*

Silas pensó en Pedro atado e indefenso, gritando a su esposa mientras los soldados de Nerón la torturaban: *¡Recuerda al Señor! ¡Recuerda al Señor!*

Se le hizo un nudo de angustia en la garganta de Silas.

—¡Que Dios te perdone por sugerirlo! —profirió con voz quebrada.

El rostro de Epeneto se llenó de compasión.

—Silas, he visto el modo en que la miras, y el modo en que ella te mira…

—Preferiría morir ahora que ver a una mujer que amo torturada y martirizada frente a mí.

—Ya veo —declaró él lentamente—. Pero te pregunto: todo el tiempo que has ayunado y orado, ¿le has estado preguntando a Dios lo que él quiere que hagas a continuación, o le has suplicado que esté de acuerdo contigo en lo que ya decidiste?

✦ ✦ ✦

Cuando Silas le reveló a Curiatus su decisión, el muchacho lloró.

—Lo siento —le dijo Silas, las palabras casi no le salen por la sequedad de la garganta—. Quizás en unos pocos años…

—Te irás de Italia y nunca volverás.

—Lo mejor es que me vaya solo.

—No, no lo es.

—No eres un hombre, Curiatus.

—Soy tan hombre como Timoteo lo era cuando lo llevaste contigo.

—Eso era diferente.

—¿Cómo era diferente?

Silas le rogó a Dios una manera de explicar, pero no le llegaron palabras. Curiatus esperó, con mirada suplicante. Silas extendió las manos, incapaz de decir algo más.

—Sencillamente no quieres que yo vaya contigo —declaró el muchacho examinándole el rostro—. ¿Es eso, verdad?

Silas ya no lo pudo mirar más a los ojos. Curiatus se levantó lentamente y se fue, con los hombros encorvados.

Silas se cubrió el rostro.

La voz de Epeneto sonaba baja, las palabras eran poco claras, pero el tono sí lo era. Consolaba al muchacho. Silas esperó que su anfitrión entrara al comedor y lo reprendiera. En vez de eso, él se quedó solo.

Esa noche Silas leyó a la congregación las cartas de Pedro a las cinco provincias. Diana y Curiatus no asistieron. Silas estaba casi agradecido. Se despidió de las personas y trató de no pensar en el muchacho y su madre. Le entregaron una ofrenda de amor para el camino. Sus hermanos y hermanas lloraron mientras le imponían las manos y oraban porque Dios lo bendijera y lo protegiera adondequiera que fuera. Él también lloró, pero por razones acerca de las que no quería pensar muy profundamente.

—Oraremos por ti todos los días, Silas.

Él sabía que ellos cumplirían su promesa.

Silas se levantó temprano la mañana siguiente con la certeza de cómo viajaría, aunque no sabía dónde. Soñó que el Señor le señalaba un barco. Se puso la túnica nueva que Epeneto le había regalado. Se apretó la faja y metió en ella la bolsa de denarios. Aseguró con alfileres el anillo de plata y anudó las correas de cuero que sostenían el estuche con sus carrizos y su navaja para hacer correcciones y cortar papiro. Luego amarró el cuerno de tinta. Llevó el manto que Pablo le había dado y se lo puso encima, luego se echó al hombro el paquete de pergaminos.

Epeneto lo esperaba en el patio.

—¿Llevas todo lo que necesitas para tu viaje?

—Sí. Gracias. He viajado con mucho menos. Tú y los demás han sido más que generosos.

—Ha sido un honor tenerte aquí, Silas.

—También para mí ha sido un honor —contestó, agarrando a Epeneto del brazo.

—¿Tomarás el camino al norte hacia Roma o bajarás hasta el mar?

—El mar.

Epeneto sonrió de modo extraño.

—En ese caso caminaré contigo.

Salieron de la casa y bajaron por las calles serpenteantes. La plaza estaba atestada de personas. Urbano los saludó al pasar con un movimiento de cabeza. Cuando llegaron al puerto, Silas miraba a los jóvenes uno por uno.

—¿Estás buscando a alguien? —preguntó Epeneto.

—Curiatus. Tenía esperanza de despedirme de él.

—Ellos están por allá.

Silas se volvió, y el corazón se le subió al cuello. Diana y Curiatus caminaban hacia él, cargando cada uno un fardo.

—Me alegro verlos —los saludó él—. Los extrañé anoche.

—Tuvimos que hacer arreglos —contestó Diana depositando su fardo en el suelo.

*¿Arreglos?*

—¿Qué barco abordaremos? —preguntó Curiatus mirando el puerto.

—¿Qué? —cuestionó Silas, mirándolo.

Riendo, Epeneto agarró por el hombro al muchacho.

—Ven conmigo, mi niño. Veremos qué barco tiene espacio para pasajeros extra.

Silas miró a los hombres y luego a Diana.

—Él no puede ir conmigo.

—Debemos.

*¿Nosotros?*

Ella lo miró gravemente.

—Silas, oramos toda la noche porque el Señor nos clarificara lo que deberíamos hacer. Todos en la iglesia han estado orando por nosotros. Conoces el corazón de mi hijo. Así que pusimos la situación ante el Señor. Si tomabas el camino al norte, te ibas a ir solo. Si venías al puerto, iríamos contigo.

Ella sonrió, la mirada le resplandeció.

—Y aquí estás.

—No te puedo llevar conmigo, Diana —rogó él luchando por no llorar—. No puedo.

—Porque temes el mal que me vendría. Lo sé. Epeneto me contó.

—Tú no sabes.

—Me podrían destrozar el cuerpo, y quitarme la vida, pero nunca seré lastimada, Silas. Tampoco Curiatus. Además, ¿no dicen las Escrituras que tres juntos son más fuertes que uno solo? El Señor no nos dará más de lo que podemos soportar, y tenemos el cielo para recibirnos. Y él estará con nosotros adondequiera que vayamos.

—Piensa en cómo les parecerá a los demás, Diana, un hombre viajando con una mujer. Sabes lo que pensará la gente. ¿Cómo puedo enseñar a vivir en santidad si resulta ser…

Hizo una pausa y miró a lo lejos.

—Tú sabes qué quiero decir —concluyó la frase.

—¿Vivir en pecado? —preguntó Diana asintiendo.

—Sí. Por tanto está decidido.

Los ojos de ella se suavizaron.

—Sí. Por supuesto que lo está. Debemos casarnos.

—Te deberías quedar aquí y casarte con un hombre más joven —declaró él sonrojado.

—¿Por qué querría hacer eso cuando es a ti a quien amo? —preguntó ella acercándose, empinándose y agarrándole el rostro—. Silas, la primera vez que te vi supe que deseaba ser tu esposa. Y cuando Curiatus se puso tan decidido a hacer que lo llevaras con él, simplemente sirvió para confirmar lo que he llegado a creer: Dios dirigió tus pasos. El Señor te trajo aquí, no solo para descansar, sino para encontrar la familia que preparó para ti.

Los ojos de ella resplandecieron.

—Nosotros hemos estado esperando mucho tiempo.

El corazón de Silas palpitaba con fuerza.

—No podría soportar ver que te lastimen.

—Si nos dejas nos destrozarás el corazón.

—¡Eso es injusto!

—¿Lo es? Fue el Señor quien dijo que un hombre no debe estar solo. Todos estos años has dedicado tu vida a ayudar a otros:

Pablo, Pedro, Timoteo, Juan Marcos, las iglesias a las que has servido. Y ahora, Dios te ofrece una familia propia, algo que sé que has extrañado, algo que sé que quieres.

Diana levantó la mirada, se le salía el corazón por los ojos.

—Es el Señor quien derrama bendiciones sobre aquellos que lo aman, Silas. Tú has enseñado eso. Sabes que es verdad.

E igual que la gracia, este era un regalo gratuito que Silas solo tenía que recibir.

—Diana…

Él se inclinó y la besó. Los brazos de ella lo rodearon, deslizándose por la espalda de Silas. Él la apretó y la tomo firmemente en sus brazos. Ella calzaba perfectamente para él.

—¡Y el Señor dio vista a los ciegos! —exclamó Epeneto.

Silas retrocedió, pero no pudo quitar los ojos del rostro de Diana sonrojado de satisfacción, y los ojos le brillaban de alegría. Él nunca había visto alguien más hermosa. Le agarró la mano y sonrió a Epeneto.

—En realidad lo hizo

*Y gracias por ello, Señor.*

Epeneto se puso las manos en la cintura.

—Como me dijiste, Silas: «Tú puedes hacer muchos planes, pero la voluntad del Señor prevalecerá» —declaró, haciéndole un guiño a Diana.

El alegre sonido de la risa de Diana hizo que se le cortara la respiración a Silas. Dentro de él brotó agradecimiento como una fuente de agua viva. ¡Ella lo amaba! ¡Ella lo amaba de veras! *Nunca pensé en tener esta bendición, Señor. Nunca, en toda mi vida.*

Curiatus gritó desde abajo del muelle y corrió hacia ellos. Llegó sin aliento. Miró la mano de Silas agarrando la de su madre, y se le iluminó el rostro.

—Hay espacio en ese barco —anunció señalando hacia atrás.

Epeneto agarró al muchacho por la espalda.

—Habrá otro barco, otro día. Primero tenemos que organizar una boda.

✦ ✦ ✦

El viento hinchó las velas, y el barco salió por las aguas mediterráneas. Cuando la proa descendía, una ola salpicaba, una neblina salada rociaba la cubierta, un frescor bienvenido en el corazón del sol de la tarde.

Silas habló con varios miembros de la tripulación y luego se acercó a Diana. Se inclinó en la baranda al lado de ella. Diana le sonrió.

—¿Dónde está Curiatus?

—Ayudando a uno de los marinos a mover una carga.

Ella volvió a mirar en todas las direcciones, su expresión embelesada de delicia.

—Nunca he visto tantos azules y grises —declaró con el asombro de una niña; luego se apoyó en el hombro de Silas—. Nunca he sido más feliz, Silas. Vayamos donde estemos yendo, sé que Dios es el viento en las velas.

—Navegamos hacia Córcega —informó él—. Y luego de ahí hacia Iberia.

—¿Iberia? —preguntó ella sorprendida, levantando la mirada hacia él.

—Sí —contestó Silas sin ver temor en los ojos femeninos.

Pablo había empezado a hacer planes poco después de llegar a Roma.

—Pedro está aquí —le había dicho Pablo, impaciente en reclusión—, y tú también. Tendremos una iglesia establecida en Roma y la obra debe continuar. Si César oye mi caso y rechaza las acusaciones contra mí, iré a España. ¡Debo ir, Silas! Aún nadie ha ido allí. Debemos alcanzar a todo el mundo.

*Debemos.*

Incluso bajo arresto domiciliario, Pablo había continuado la obra que Dios le encomendó. Siguió soñando y planeando.

—¡Tenemos hermanos y hermanas de fe firme para continuar aquí, Silas! Pero hay otros que aún no han oído las buenas nuevas de Jesucristo. Algún día iré, Dios mediante, y si no, el Señor enviará a alguien más que pueda predicar y enseñar…

Silas se agarró con manos flexibles a la baranda. El cielo era una extensión de azul y blanco.

Allí arriba tal vez había una multitud de testigos observándolo, orando por él, alentándolo, vitoreándolo. Pablo, Pedro, todos los amigos que había conocido y amado.

Y Jesús también observaba. *Vayan y hagan discípulos de todas las naciones, bautizándolos en el nombre del Padre y del Hijo y del Espíritu Santo.*

Epeneto y los demás estarían orando.

—Sí, Señor.

España primero, y luego de allí, lo que Dios quiera. Él y Diana se mantendrían en marcha mientras lo permitiera el cuerpo y el aliento.

Curiatus gritó, y Silas levantó la mirada. El muchacho trepaba el mástil.

—Él está viendo lo que yace por delante —comentó Diana riendo.

Cuando el cuerpo y el aliento fallen Silas, otro estaría listo para continuar.

La Palabra de Verdad se hablaría. La Luz seguiría brillando.

Y Dios seguiría conduciendo su rebaño hacia las puertas del cielo.

# ESTIMADO LECTOR:

Usted acaba de leer la conmovedora historia de Silas, escriba de la iglesia primitiva y compañero de viajes de Pedro y Pablo, como la narra Francine Rivers. Como siempre, el deseo de Francine para usted como lector es que profundice por sí mismo en la Palabra de Dios y descubra la verdadera historia... que descubra lo que Dios tiene hoy día que decirnos y que encuentre aplicaciones que cambiarán nuestras vidas a fin de que se adapten a los propósitos del Señor para la eternidad.

Aunque la Biblia nos habla poco de la vida personal de Silas, sí encontramos pruebas de un hombre muy comprometido. Él fue destacado líder de la iglesia y talentoso profeta que decidió dejar de lado lo que el mundo consideraría como una promisoria carrera. De buen grado se convirtió en escriba, o secretario, registrando las cartas de los apóstoles Pedro y Pablo.

Es interesante observar que mientras tres de los evangelios narran la historia del joven rico, solo el Evangelio de Lucas se refiere a él como un líder *religioso*. El relato de los dos seguidores de Jesús en el camino a Emaús también se encuentra solo en el Evangelio de Lucas. Silas era un líder religioso y un compañero de viajes de Lucas. Así que las conjeturas en esta historia —que equiparan a Silas tanto con el joven rico y con la compañía de Cleofas en el camino a Emaús— seguramente no son inverosímiles.

Sean los que sean los detalles de su vida, sabemos que Silas se despojó de sus símbolos de posición y poder para caminar con el Señor. Su vida hace resonar la de otro escritor, el Iniciador y Perfeccionador de nuestra fe, el Verbo vivo, Jesús. Que Dios le bendiga a usted y le ayude a descubrir su llamado en la vida. Que descubra un corazón de obediencia latiendo dentro de usted.

*Peggy Lynch*

## BUSQUE LA VERDAD EN LA PALABRA DE DIOS

Lea el siguiente pasaje:

> Al llegar a Jerusalén, [Bernabé y Pablo] fueron muy bien recibidos tanto por la iglesia como por los apóstoles y los ancianos, a quienes informaron de todo lo que Dios había hecho por medio de ellos. Entonces intervinieron algunos creyentes que pertenecían a la secta de los fariseos y afirmaron:
>
> —Es necesario circuncidar a los gentiles y exigirles que obedezcan la ley de Moisés.
>
> Los apóstoles y los ancianos se reunieron para examinar este asunto. Después de una larga discusión, Pedro tomó la palabra:
>
> —Dios, que conoce el corazón humano, mostró que los aceptaba [a los gentiles] dándoles el Espíritu Santo, lo mismo que a nosotros. Sin hacer distinción alguna entre nosotros y ellos, purificó sus corazones por la fe. Más bien, como ellos, creemos que somos salvos por la gracia de nuestro Señor Jesús.
>
> Jacobo se paró y dijo:
>
> —Yo considero que debemos dejar de ponerles trabas a los gentiles que se convierten a Dios. Más bien debemos escribirles que se abstengan de lo contaminado por los ídolos, de la inmoralidad sexual, de la carne de animales estrangulados y de sangre.
>
> Entonces los apóstoles y los ancianos, de común acuerdo con toda la iglesia, decidieron escoger a algunos de ellos y enviarlos a Antioquía con Pablo y Bernabé. Escogieron a Judas, llamado Barsabás, y a Silas.
>
> Una vez despedidos, ellos bajaron a Antioquía, donde reunieron a la congregación y entregaron la carta. Los creyentes la leyeron y se alegraron por su mensaje alentador.

Judas y Silas, que también eran profetas, hablaron extensamente para animarlos y fortalecerlos.

Algún tiempo después, Pablo le dijo a Bernabé:

—Volvamos a visitar a los creyentes en todas las ciudades en donde hemos anunciado la palabra del Señor, y veamos cómo están». Resulta que Bernabé quería llevar con ellos a Juan Marcos, pero a Pablo no le pareció prudente llevarlo, porque los había abandonado en Panfilia y no había seguido con ellos en el trabajo. Se produjo entre ellos un conflicto tan serio que acabaron por separarse. Bernabé se llevó a Marcos y se embarcó rumbo a Chipre, mientras que Pablo escogió a Silas. Después de que los hermanos lo encomendaron a la gracia del Señor, Pablo partió. HECHOS 15:4-11, 13, 19-20, 22, 30-33, 36-40

¿Cuál fue la preocupación de los líderes de la iglesia primitiva que llevó a esta asamblea general?

¿Qué líderes notables estuvieron presentes?

¿Quién fue escogido para acompañar a Pablo y Bernabé en la entrega de la carta? ¿Cómo estaban específicamente dotados estos dos hombres?

¿Cuál fue la misión de ellos? ¿Cómo los recibieron?

¿Qué hechos se llevaron a cabo para separar a Bernabé y a Pablo?

¿A quién escogió Pablo como compañero de viaje, ¿y adónde fueron?

## ENCUENTRE LA VOLUNTAD DE DIOS PARA USTED

¿Ha tratado usted alguna vez de imponer restricciones sobre otros? ¿Qué ocurrió?

Narre una ocasión en que alguien puso restricciones sobre usted. ¿Cómo funcionó eso?

¿A quién debe usted animar y levantar? ¿Qué le impide hacerlo?

## HAGA UN ALTO Y PIENSE

Mantengamos firme la esperanza que profesamos, porque fiel es el que hizo la promesa. Preocupémonos los unos por los otros, a fin de estimularnos al amor y a las buenas obras.

HEBREOS 10:23-24

## BUSQUE LA VERDAD EN LA PALABRA DE DIOS

Las enseñanzas de Cristo trastornaron a Silas en esta historia. Lea las siguientes palabras de Jesús, y vea cómo podrían ser difíciles de oír y aceptar para un líder destacado:

> Amen a sus enemigos y oren por quienes los persiguen. Si ustedes aman solamente a quienes los aman, ¿qué recompensa recibirán? ¿Acaso no hacen eso hasta los recaudadores de impuestos? Y si saludan a sus hermanos solamente, ¿qué de más hacen ustedes? ¿Acaso no hacen esto hasta los gentiles? Por tanto, sean perfectos, así como su Padre celestial es perfecto.
>
> MATEO 5:44, 46-48

¿Qué espera Jesús? ¿Por qué?

> Si alguien quiere ser mi discípulo, tiene que negarse a sí mismo, tomar su cruz y seguirme. ¿De qué sirve ganar el mundo entero si se pierde la vida? ¿O qué se puede dar a cambio de la vida?
>
> MATEO 16:24, 26

¿Cómo podrían las expectativas de Jesús haber trastornado a Silas?

> El que quiere a su padre o a su madre más que a mí no es digno de mí; el que quiere a su hijo o a su hija más que a mí no es digno de mí. El que encuentre su vida, la perderá, y el que la pierda por mi causa, la encontrará. MATEO 10:37, 39

¿Por qué habría luchado Silas con estas palabras de Jesús?

> Cuídense de no hacer sus obras de justicia delante de la gente para llamar la atención. Si actúan así, su Padre que está en el cielo no les dará ninguna recompensa.
>
> Cuando oren, no sean como los hipócritas, porque a ellos les encanta orar de pie en las sinagogas y en las esquinas de las plazas para que la gente los vea. Pero tú, cuando te pongas a orar, entra en tu cuarto, cierra la puerta y ora a tu Padre, que está en lo secreto.
>
> Y al orar, no hablen sólo por hablar. Su Padre sabe lo que ustedes necesitan antes de que se lo pidan. MATEO 6:1, 3-8

¿Qué instrucciones da Jesús aquí? ¿Qué advertencias?

¿De quién creería Silas que Jesús estaba hablando? ¿Por qué se pudo haber trastornado?

> No acumulen para sí tesoros en la tierra. Donde esté tu tesoro, allí estará también tu corazón. Nadie puede servir a dos señores, pues menospreciará a uno y amará al otro, o querrá mucho a uno y despreciará al otro. No se puede servir a la vez a Dios y a las riquezas.
>
> MATEO 6:19, 21, 24

De nuevo, ¿qué espera Jesús y por qué?

¿Cómo podrían estas palabras haber trastornado a Silas antes de decidir seguir a Cristo?

## ENCUENTRE LA VOLUNTAD DE DIOS PARA USTED

¿Cuáles de estas enseñanzas parecen difíciles para la cultura moderna? ¿Cuáles parecen injustas?

¿Cuál parece ser el tema repetido?

¿Cuál enseñanza es difícil personalmente para usted? ¿Por qué

## HAGA UN ALTO Y PIENSE

No se angustien. Confíen en Dios, y confíen también en mí.

JUAN 14:1

## BUSQUE LA VERDAD EN LA PALABRA DE DIOS

Lea el siguiente pasaje:

Cuando llegó el día de Pentecostés, estaban todos juntos en el mismo lugar. De repente, vino del cielo un ruido como el de una violenta ráfaga de viento y llenó toda la casa donde estaban reunidos. Se les aparecieron entonces unas lenguas como de fuego que se repartieron y se posaron sobre cada uno de ellos. Todos fueron llenos del Espíritu Santo y comenzaron a hablar en diferentes lenguas, según el Espíritu les concedía expresarse.

Estaban de visita en Jerusalén judíos piadosos, procedentes de todas las naciones de la tierra. Al oír aquel bullicio, se agolparon y quedaron todos pasmados porque cada uno los escuchaba hablar en su propio idioma.

Desconcertados y maravillados, decían: «¿No son galileos todos estos que están hablando? ¿Cómo es que cada uno de nosotros los oye hablar en su lengua materna? Desconcertados y perplejos, se preguntaban: «¿Qué quiere decir esto?».

Otros se burlaban y decían: «Lo que pasa es que están borrachos».

Entonces Pedro, con los once, se puso de pie y dijo a voz en cuello: «Compatriotas judíos y todos ustedes que están en Jerusalén, déjenme explicarles lo que sucede. En realidad lo que pasa es lo que anunció el profeta Joel:

*Sucederá que en los últimos días —dice Dios—, derramaré mi Espíritu sobre todo el género humano. Los hijos y las hijas de ustedes profetizarán, tendrán visiones los jóvenes y sueños los ancianos. En esos días derramaré mi Espíritu aun sobre mis siervos y mis siervas, y profetizarán. Arriba en el cielo y abajo en la tierra mostraré prodigios:*

*sangre, fuego y nubes de humo. El sol se convertirá en tinieblas y la luna en sangre antes que llegue el día del Señor, día grande y esplendoroso. Y todo el que invoque el nombre del Señor será salvo.*

»Pueblo de Israel, escuchen esto: Jesús de Nazaret fue un hombre acreditado por Dios ante ustedes con milagros, señales y prodigios, los cuales realizó Dios entre ustedes por medio de él, como bien lo saben. Este fue entregado según el determinado propósito y el previo conocimiento de Dios; y por medio de gente malvada, ustedes lo mataron, clavándolo en la cruz. Sin embargo, Dios lo resucitó, librándolo de las angustias de la muerte, porque era imposible que la muerte lo mantuviera bajo su dominio. Y de ello todos nosotros somos testigos.

Cuando oyeron esto, todos se sintieron profundamente conmovidos y les dijeron a Pedro y a los otros apóstoles:

—Hermanos, ¿qué debemos hacer?

—Arrepiéntase y bautícese cada uno de ustedes en el nombre de Jesucristo para perdón de sus pecados —les contestó Pedro—, y recibirán el don del Espíritu Santo. En efecto, la promesa es para ustedes, para sus hijos y para todos los extranjeros, es decir, para todos aquellos a quienes el Señor nuestro Dios quiera llamar.

Así, pues, los que recibieron su mensaje fueron bautizados, y aquel día se unieron a la iglesia unas tres mil personas.

Se mantenían firmes en la enseñanza de los apóstoles, en la comunión, en el partimiento del pan y en la oración.

HECHOS 2:1-8, 11-14, 16-24, 32, 37-39, 41-42

Analice la reunión de oración descrita en este pasaje. ¿Quiénes estaban reunidos y por qué? Describa lo que sucedió.

¿Cómo respondieron las personas?

¿Qué hizo Pedro?

¿Cuáles son algunos puntos clave del mensaje de Pedro ese día?

¿Qué resultado obtuvo el mensaje de Pedro? ¿Por qué cree usted que ocurrió esto?

## ENCUENTRE LA VOLUNTAD DE DIOS PARA USTED

¿Dónde pasa usted su tiempo y con quién? ¿Por qué?

¿Qué influencia tiene usted en otras personas? ¿Qué influencia tienen ellas en usted?

¿Qué efecto perdurable tendrá la vida de usted? ¿Qué efecto eterno *quiere* usted que su vida tenga?

## HAGA UN ALTO Y PIENSE

> No se amolden al mundo actual, sino sean transformados mediante la renovación de su mente. Así podrán comprobar cuál es la voluntad de Dios, buena, agradable y perfecta.
>
> ROMANOS 12:2

## BUSQUE LA VERDAD EN LA PALABRA DE DIOS

Lea el siguiente pasaje:

Llegó Pablo a Derbe y después a Listra, donde se encontró con un discípulo llamado Timoteo, hijo de una mujer judía creyente, pero de padre griego. Los hermanos en Listra y en Iconio hablaban bien de Timoteo.

Atravesaron la región de Frigia y Galacia, ya que el Espíritu Santo les había impedido que predicaran la palabra en la provincia de Asia.

Durante la noche Pablo tuvo una visión en la que un hombre de Macedonia, puesto de pie, le rogaba: «Pasa a Macedonia y ayúdanos».

Zarpando de Troas, navegamos directamente a Samotracia, y al día siguiente a Neápolis. De allí fuimos a Filipos, que es una colonia romana y la ciudad principal de ese distrito de Macedonia. En esa ciudad nos quedamos varios días.

El sábado salimos a las afueras de la ciudad, y fuimos por la orilla del río, donde esperábamos encontrar un lugar de oración. Nos sentamos y nos pusimos a conversar con las mujeres que se habían reunido. Una de ellas, que se llamaba Lidia, adoraba a Dios. Era de la ciudad de Tiatira y vendía telas de púrpura. Mientras escuchaba, el Señor le abrió el corazón para que respondiera al mensaje de Pablo. Cuando fue bautizada con su familia, nos hizo la siguiente invitación:

—Si ustedes me consideran creyente en el Señor, vengan a hospedarse en mi casa.

Y nos persuadió.

Una vez, cuando íbamos al lugar de oración, nos salió al encuentro una joven esclava que tenía un espíritu de adivinación.

Con sus poderes ganaba mucho dinero para sus amos. Nos seguía a Pablo y a nosotros, gritando:

—Estos hombres son siervos del Dios Altísimo, y les anuncian a ustedes el camino de salvación.

Así continuó durante muchos días. Por fin Pablo se molestó tanto que se volvió y reprendió al espíritu:

—¡En el nombre de Jesucristo, te ordeno que salgas de ella!

Y en aquel mismo momento el espíritu la dejó.

Cuando los amos de la joven se dieron cuenta de que se les había esfumado la esperanza de ganar dinero, echaron mano a Pablo y a Silas y los arrastraron a la plaza, ante las autoridades. Los presentaron ante los magistrados y dijeron:

—Estos hombres son judíos, y están alborotando a nuestra ciudad, enseñando costumbres que a los romanos se nos prohíbe admitir o practicar.

Entonces la multitud se amotinó contra Pablo y Silas, y los magistrados mandaron que les arrancaran la ropa y los azotaran. Después de darles muchos golpes, los echaron en la cárcel, y ordenaron al carcelero que los custodiara con la mayor seguridad. Al recibir tal orden, éste los metió en el calabozo interior y les sujetó los pies en el cepo.

A eso de la medianoche, Pablo y Silas se pusieron a orar y a cantar himnos a Dios, y los otros presos los escuchaban. De repente se produjo un terremoto tan fuerte que la cárcel se estremeció hasta sus cimientos. Al instante se abrieron todas las puertas y a los presos se les soltaron las cadenas. El carcelero despertó y, al ver las puertas de la cárcel de par en par, sacó la espada y estuvo a punto de matarse, porque pensaba que los presos se habían escapado. Pero Pablo le gritó:

—¡No te hagas ningún daño! ¡Todos estamos aquí!

El carcelero pidió luz, entró precipitadamente y se echó temblando a los pies de Pablo y de Silas. Luego los sacó y les preguntó:

—Señores, ¿qué tengo que hacer para ser salvo?

—Cree en el Señor Jesús; así tú y tu familia serán salvos —le contestaron.

Luego les expusieron la palabra de Dios a él y a todos los demás que estaban en su casa. A esas horas de la noche, el carcelero se los llevó y les lavó las heridas; en seguida fueron bautizados él y toda su familia. El carcelero los llevó a su casa, les sirvió comida y se alegró mucho junto con toda su familia por haber creído en Dios. HECHOS 16:1-2, 6, 9, 11-34

Mientras estaban en Listra, Pablo y Silas conocieron a Timoteo. Analice ese encuentro y las consecuencias.

¿Por qué viajaron a Frigia y Galacia? ¿Por qué no fueron a Asia?

Describa los encuentros en Filipos.

¿Qué condujo a Pablo y Silas a la cárcel? ¿Cómo demostraron su paz?

Analice el terremoto y cómo respondieron los dos misioneros.

¿Qué resultados tuvo su respuesta disciplinada en medio del caos?

## ENCUENTRE LA VOLUNTAD DE DIOS PARA USTED

¿Cómo maneja usted lo inesperado?

Describa una época en que Dios lo mantuvo a salvo.

¿Qué «cadenas» lo mantienen prisionero a usted?

## HAGA UN ALTO Y PIENSE

«Yo sé muy bien los planes que tengo para ustedes —afirma el SEÑOR—, planes de bienestar y no de calamidad, a fin de darles un futuro y una esperanza». JEREMÍAS 29:11

## BUSQUE LA VERDAD EN LA PALABRA DE DIOS

Silas viajó tanto con Pablo como con Pedro. En esta historia luchó con el asunto del celibato vs. el matrimonio con relación a servir a Dios. Los siguientes pasajes podrían emitir luz sobre por qué esto pudo haber sido una lucha para Silas.

El apóstol Pablo escribió:

> Paso ahora a los asuntos que me plantearon por escrito: «Es mejor no tener relaciones sexuales». Pero en vista de tanta inmoralidad, cada hombre debe tener su propia esposa, y cada mujer su propio esposo.
>
> A los solteros y a las viudas les digo que sería mejor que se quedaran como yo. Pero si no pueden dominarse, que se casen, porque es preferible casarse que quemarse de pasión.
>
> En cualquier caso, cada uno debe vivir conforme a la condición que el Señor le asignó y a la cual Dios lo ha llamado.
>
> Lo que quiero decir, hermanos, es que nos queda poco tiempo. De aquí en adelante los que tienen esposa deben vivir como si no la tuvieran; los que lloran, como si no lloraran; los que se alegran, como si no se alegraran; los que compran algo, como si no lo poseyeran.
>
> Yo preferiría que estuvieran libres de preocupaciones. El soltero se preocupa de las cosas del Señor y de cómo agradarlo. Pero el casado se preocupa de las cosas de este mundo y de cómo agradar a su esposa; sus intereses están divididos. La mujer no casada, lo mismo que la joven soltera, se preocupa de las cosas del Señor; se afana por consagrarse al Señor tanto en cuerpo como en espíritu. Pero la casada se preocupa de las cosas de este mundo y de cómo agradar a su esposo. Les digo esto por su

propio bien, no para ponerles restricciones sino para que vivan con decoro y plenamente dedicados al Señor.

1 Corintios 7:1-2, 8-9, 17, 29-30, 32-35

¿Qué tenía Pablo que decir acerca del matrimonio? ¿Acerca del celibato?

¿Qué razones dio Pablo para no preocuparse con el matrimonio en ese tiempo?

¿Cómo pudieron estas instrucciones haber desconcertado a Silas? ¿Qué «distintivo de aprobación» ofreció Pablo, si es que lo hizo?

El apóstol Pedro escribió:

> Así mismo, esposas, sométanse a sus esposos, de modo que si algunos de ellos no creen en la palabra, puedan ser ganados más por el comportamiento de ustedes que por sus palabras, al observar su conducta íntegra y respetuosa.
>
> Que la belleza de ustedes no sea la externa, que consiste en adornos tales como peinados ostentosos, joyas de oro y vestidos lujosos. Que su belleza sea más bien la incorruptible, la que procede de lo íntimo del corazón y consiste en un espíritu suave y apacible. Esta sí que tiene mucho valor delante de Dios.
>
> De igual manera, ustedes esposos, sean comprensivos en su vida conyugal, tratando cada uno a su esposa con respeto, ya que como mujer es más delicada, y ambos son herederos del grato don de la vida. Así nada estorbará las oraciones de ustedes.
>
> Con la ayuda de Silvano [Silas], a quien considero un hermano fiel, les he escrito brevemente, para animarlos y confirmarles que ésta es la verdadera gracia de Dios. Manténganse firmes en ella.
>
> 1 PEDRO 3:1-4, 7; 5:12

Analice el punto de vista de Pedro de una esposa piadosa.

¿Cómo veía Pedro el papel de una esposa? ¿Cómo afecta a un esposo el trato que le dé a su esposa?

¿Qué pensaba Pedro de Silas? ¿Qué aliento le brindó?

## ENCUENTRE LA VOLUNTAD DE DIOS PARA USTED

¿Cómo ve usted su lugar en la vida? ¿Qué papeles tiene usted en varias relaciones u organizaciones?

¿Cómo le está hablando Dios acerca de sus relaciones personales? Sea específico.

¿Usa usted su posición o papel para promocionar u obstaculizar a otros? ¿Para restringir o animar a quienes lo rodean?

## HAGA UN ALTO Y PIENSE

En fin, vivan en armonía los unos con los otros; compartan penas y alegrías, practiquen el amor fraternal, sean compasivos y humildes. 1 PEDRO 3:8

## BUSQUE LA VERDAD EN LA PALABRA DE DIOS

Lea el siguiente pasaje:

Cierto dirigente le preguntó [a Jesús]:

—Maestro bueno, ¿qué tengo que hacer para heredar la vida eterna?

—¿Por qué me llamas bueno? —respondió Jesús—. Nadie es bueno sino solo Dios. Ya sabes los mandamientos: «No cometas adulterio, no mates, no robes, no presentes falso testimonio, honra a tu padre y a tu madre».

—Todo eso lo he cumplido desde que era joven —dijo el hombre.

Al oír esto, Jesús añadió:

—Todavía te falta una cosa: vende todo lo que tienes y repártelo entre los pobres, y tendrás tesoro en el cielo. Luego ven y sígueme.

Cuando el hombre oyó esto, se entristeció mucho, pues era muy rico.

Al verlo tan afligido, Jesús comentó:

—¡Qué difícil es para los ricos entrar en el reino de Dios! En realidad, le resulta más fácil a un camello pasar por el ojo de una aguja, que a un rico entrar en el reino de Dios.

Los que lo oyeron preguntaron:

—Entonces, ¿quién podrá salvarse?

—Lo que es imposible para los hombres es posible para Dios —aclaró Jesús.

—Mira —le dijo Pedro—, nosotros hemos dejado todo lo que teníamos para seguirte.

—Les aseguro —respondió Jesús— que todo el que por causa del reino de Dios haya dejado casa, esposa, hermanos, padres o hijos, recibirá mucho más en este tiempo; y en la edad venidera, la vida eterna. LUCAS 18:18-30

¿Cuál fue el primer asunto que Jesús le señaló al joven? ¿Por qué?

¿Cuál fue el segundo asunto que Jesús quería que el joven viera? ¿Cómo contestó él?

¿Qué lección les estaba enseñando Jesús a sus discípulos? ¿Cómo respondieron ellos?

¿Qué cree usted que Jesús quiso decir con: «Lo que es imposible para los hombres es posible para Dios»?

¿Cómo respondió Jesús a Pedro? ¿Qué había en eso para Pedro y los demás discípulos?

¿Cuál es la importancia relativa de las cosas y las personas en la economía de Dios?

## ENCUENTRE LA VOLUNTAD DE DIOS PARA USTED

¿A qué «seducciones» debe usted renunciar en su vida?

¿Cómo le contestará usted a Jesús? ¿Cuándo?

## HAGA UN ALTO Y PIENSE

Que Dios mismo, el Dios de paz, los santifique por completo, y conserve todo su ser —espíritu, alma y cuerpo— irreprochable para la venida de nuestro Señor Jesucristo. El que los llama es fiel, y así lo hará.

1 Tesalonicenses 5:23-24

Aunque muchos de los detalles en esta historia se han llevado a la ficción, sabemos que el Silas histórico era un individuo acaudalado, educado y talentoso. Era un respetado líder y profeta de la iglesia. Deliberadamente decidió comprometerse con Cristo: dejar atrás sus posesiones materiales para convertirse en colaborador y corresponsal de Pedro y Pablo. Silas emprendió el papel de escriba, registrando las palabras de otros para promover el Reino de Dios. Decidió servir en vez de ser servido. Aceptó el llamado de Dios en su vida y promovió las afirmaciones de Jesús. Y al hacerlo, Silas obtuvo una herencia incorruptible.

Jesús era el Hijo unigénito de Dios. Él dejo su trono celestial, su sacerdocio real y las comodidades reales, para venir a la tierra. También escogió estar comprometido... comprometido con el plan eterno de Dios para la salvación de la humanidad. Jesús también es cierta clase de escriba. Él escribe sus palabras en nuestros corazones; él es la Palabra escrita.

> En el principio ya existía el Verbo, y el Verbo estaba con Dios, y el Verbo era Dios. Él estaba con Dios en el principio. Por medio de él todas las cosas fueron creadas; sin él, nada de lo creado llegó a existir. En él estaba la vida, y la vida era la luz de la humanidad. Esta luz resplandece en las tinieblas, y las tinieblas no han podido extinguirla.
>
> JUAN 1:1-5

Amado, ojalá escoja deliberadamente comprometerse con Jesús y andar en su luz.

**FRANCINE** Rivers inició su carrera literaria en la Universidad de Nevada, Reno, donde se graduó con una licenciatura en Filosofía y Letras en inglés y periodismo. Desde 1976 hasta 1985 tuvo una triunfal carrera de escritora en el mercado general, y sus libros fueron premiados o nominados para muchos galardones y premios. Aunque se crió en un hogar religioso, Francine no tuvo un verdadero encuentro con Cristo sino mucho después en su vida, cuando ya era esposa, madre de tres hijos, y una novelista establecida de romance. Poco después de llegar a ser una cristiana nacida de nuevo en 1986, Francine escribió *Redeeming Love* [Amor redentor] como su declaración de fe. Publicada primero por Bantam Books, y luego vuelta a sacar a la venta por Multnomah Publishers a mediados de la década de los noventa, esta reveladora historia bíblica de Gomer y Oseas ambientada durante la época de la fiebre del oro en California es considerada por muchos como una obra clásica de la ficción cristiana. *Redeeming Love* sigue siendo uno de los títulos más venidos de la Asociación de Libreros Cristianos, y ha tenido un puesto en la lista de súper éxitos cristianos por casi una década.

Desde *Redeeming Love*, Francine ha publicado numerosas novelas con temas cristianos —todas de gran éxito— y ha seguido obteniendo tanto la aclamación de la industria como la lealtad de los lectores en todo el planeta. Sus novelas cristianas han sido galardonadas o nominadas para numerosos premios, entre los cuales se incluyen el Premio Rita, el Premio Christy, el Medallón de Oro de la ECPA, y el Medallón Holt en Honor al Sobresaliente Talento Literario. En 1997, después de ganar su tercer Premio Rita para la Ficción Inspirativa, Francine ingresó al Salón Estadounidense de la Fama de Escritores de Romance. Las novelas de Francine se han traducido a más de veinte idiomas distintos, y ella disfruta la posición de autora de superventas en muchas naciones extranjeras, entre ellas Alemania, los Países Bajos y Sur África.

Francine y su esposo Rick viven en California del Norte y disfrutan pasar tiempo con sus tres hijos adultos, y aprovechan toda oportunidad de consentir a sus cuatro nietos. Ella usa sus escritos para acercarse al Señor, y que a través de su obra pueda adorar y alabar a Jesús por todo lo que ha hecho y está haciendo en su vida.

Nos agradaría recibir noticias suyas.
Por favor, envíe sus comentarios sobre este libro
a la dirección que aparece a continuación.
Muchas gracias

Editorial Vida®
.com

**Editorial Vida**
8410 N.W. 53rd Terrace, Suite 103
Miami, Fl. 33166

*Vida@zondervan.com*
*www.editorialvida.com*